砂冥宮《すなめいきゅう》

内田康夫

JOY NOVELS

実業之日本社

砂冥宮／目次

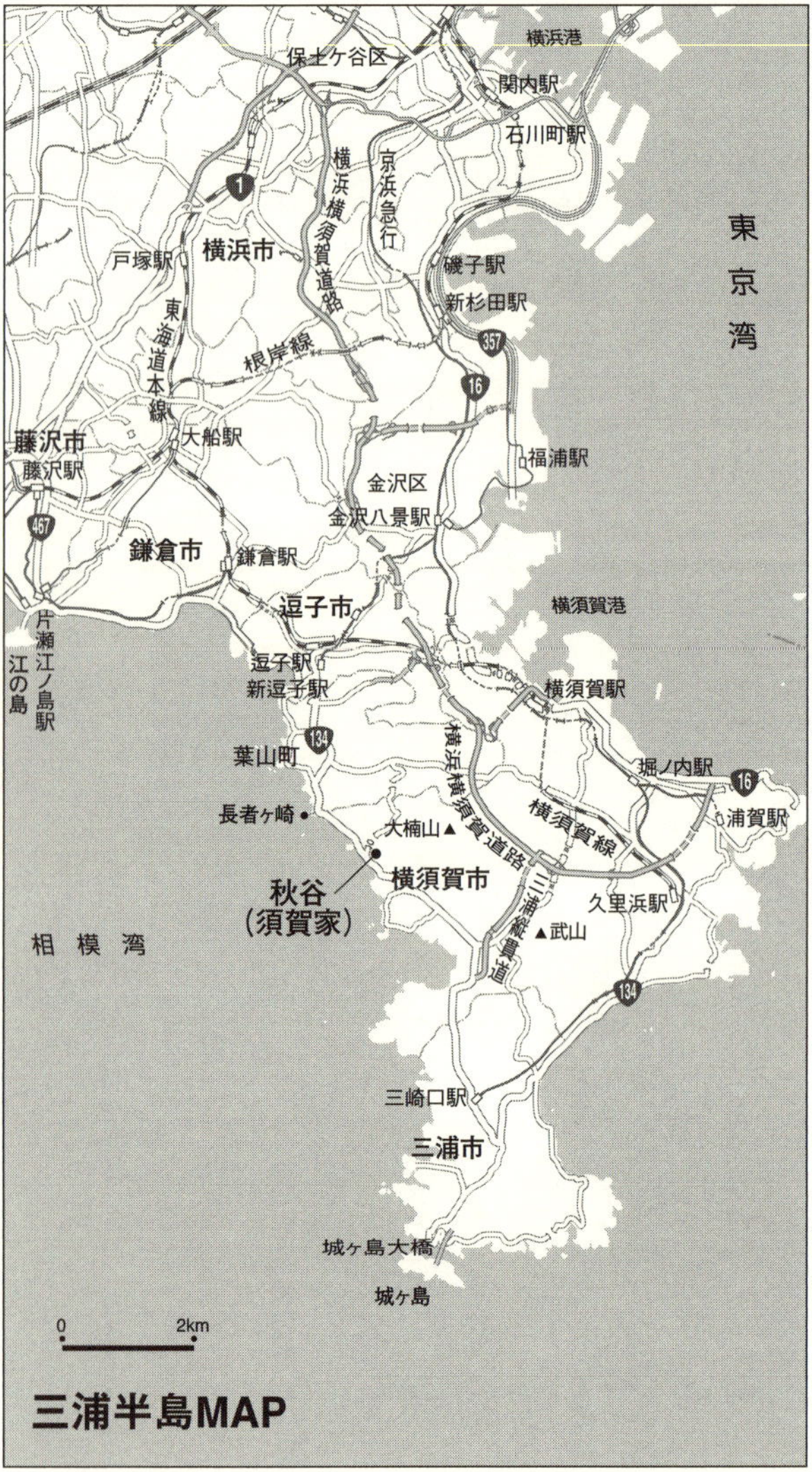
横浜港
保土ケ谷区
関内駅
石川町駅
横浜横須賀道路
京浜急行
東京湾
横浜市
戸塚駅
磯子駅
新杉田駅
東海道本線
根岸線
藤沢市
大船駅
藤沢駅
福浦駅
金沢区
金沢八景駅
鎌倉市
鎌倉駅
横須賀港
逗子市
片瀬江ノ島駅
江の島
逗子駅
新逗子駅
横須賀駅
葉山町
横浜横須賀道路
堀ノ内駅
浦賀駅
長者ヶ崎
大楠山
横須賀線
横須賀市
秋谷
（須賀家）
三浦縦貫道
久里浜駅
武山
相模湾
三崎口駅
三浦市
城ヶ島大橋
城ヶ島
0
2km
三浦半島MAP

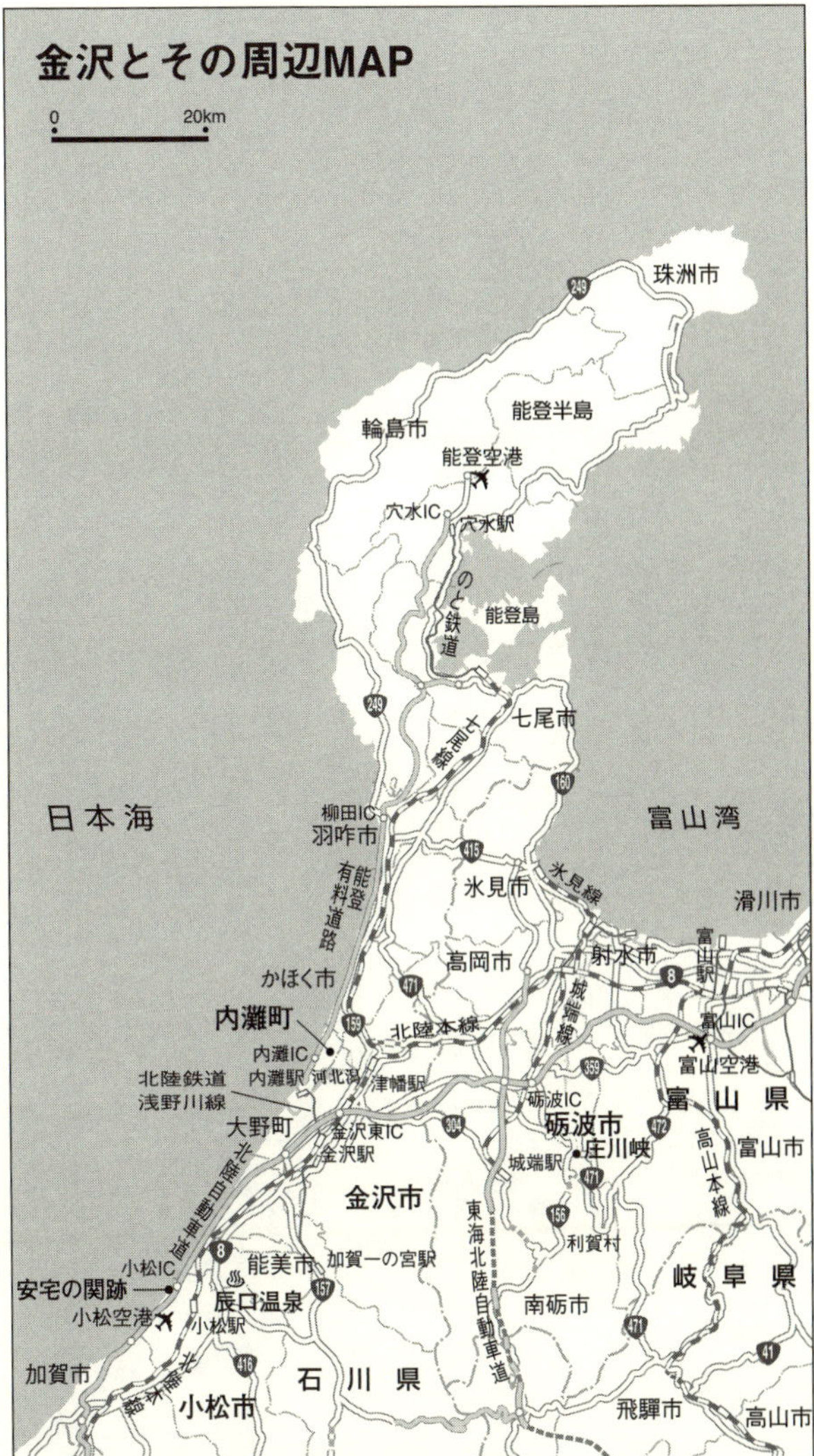

この地図は小説執筆当時（2009年）の状況に基づき作成しました。　地図製作／ジェオ

プロローグ

〔三浦の大崩壊《おおくずれ》を、魔所だという。

葉山《はやま》一帯の海岸を屏風《びょうぶ》で劃《くぎ》った、桜山の裙《すそ》が、見も馴れぬ獣《けもの》の如く、洋《わだつみ》へ躍込《おどりこ》んだ、一方は長者園の浜で、逗子《ずし》から森戸《もりと》、葉山をかけて、夏向き海水浴の時分《ころ》、人死《ひとじに》のあるのは、この辺では此処《ここ》が多い。〕

泉鏡花《いずみきょうか》の『草迷宮《くさめいきゅう》』の冒頭はこうして始まる。鏡花の文章はおそろしく古めかしい美文調で読みにくいが、この部分はまだしも、現代人にも理解できる。

浅見光彦《あさみみつひこ》は鏡花のファンというわけではないけれど、『草迷宮』のこの一節だけは妙に頭にこびりついている。学生時代に時折、遊んだ逗子や葉山の風景を彷彿《ほうふつ》させるせいかもしれない。もっとも、現在のその辺りはすっかりひらけてしまって、鏡花が『草迷宮』で描いてみせたような恐ろしげな情景を呼び覚まされることはない。

「三浦の大崩壊」とは、葉山と横須賀市の境界を作る「長者ケ崎《ちょうじゃがさき》」のことをいうらしい。相模《さがみ》湾に突き出した約四百メートルほどの岬だ。『草迷宮』に書かれたように、急な断崖《だんがい》が荒々しく露出しているという地形的な外観からそう呼ばれるのだが、それとは別の意味にもその名の由来がある。

永正《えいしょう》九年（一五一二）、北条早雲《ほうじょうそううん》軍と戦った三《み》浦道寸《うらどうすん》の軍勢はここで大敗を喫し、大崩れになって油壺《あぶらつぼ》へ退却した。それがそのまま地名になったというのである。そう思って眺めると、三浦一族の怨念《おんねん》が籠《こ》もっていそうな風景ではあった。

この日、浅見が目指した秋谷《あきや》の須賀《すか》家はここからそう遠くない。

須賀家というのは三浦地方の大地主であり大網元だった家で、江戸から明治、さらには昭和の初期にかけては、三浦郡秋谷村のほとんどを仕切っていた。戦後の農地解放などの改革ですっかり衰微したものの、かつての繁栄を思わせる長屋門《ながやもん》は堂々たる佇《たたず》まいで、昔を偲《しの》ばせる。

いまはこぢんまりと建て替えられたが、明治時代の屋敷は広壮なものであった。泉鏡花は「大崩壊」を見た後、須賀家を訪ねたと伝えられ、鏡花が『草迷宮』のストーリーを着想したのは、この屋敷のイメージがもとになっているともいわれる。

雑誌「旅と歴史」の来月号の特集は「三浦半島」と決まった。三浦半島は源頼朝《みなもとのよりとも》や北条一族、新田義貞《にったよしさだ》などが活躍した古戦場が多い。また鎌倉五山や鶴岡八幡宮《つるがおかはちまんぐう》、鎌倉大仏なども有名だが、その先の三浦半島にも旧跡や古刹《こさつ》が至るところにある。

藤田編集長から「今回の特集は民間伝承を中心にしたものにする」という編集方針が示された。泉鏡花の『草迷宮』のヒントになった秋谷の須賀家は、特集記事の目玉として、とくに重点を置いて取材するように――という注文だった。浅見は須賀家のことや、三浦半島の地誌を予習して出かけた。

国道から脇道《わきみち》に入って、高台に上がったところに須賀家はあった。この辺りは植生《しょくせい》が違うのか、亜熱帯地方にありそうな木々が左右に丈高く生い茂り、玄関までの敷石道を暗くしている。玄関はまるで庄屋のそれを思わせる格子戸の古めかしい佇まいで、そこに、それだけはやけに新しいチャイムボタンが取り付けてあった。

浅見はおそるおそるボタンを押した。屋内の遠くで「キンコン」とチャイムの鳴る音が聞こえて、しばらく待たせてから「はい」と応じる女性の声がした。

「『旅と歴史』の浅見と言います」

「あ、お待ちしてました」

現れたのは、思いがけなく若い女性であった。二十代前半だろうか、水色のブラウスの上にピンクのカーディガンを羽織っている。驚いたように見開かれた目は大きく、漆黒《しっこく》の髪は無造作に額の中央で分けて耳の後ろにはね上げられ、その先は肩にかかるほどの長さで揺れている。

掛け値なしの美人だが、本人はそれを意識していないのか、化粧っ気がまるでない。背景が古色蒼然《そうぜん》としているだけに、古池に咲いた蓮《はす》の花のような明るいイメージがある。女性は「浅見さんですね、どうぞ」と精一杯に広く格子戸を開けた。

屋内の空気は外よりも暖かいが、いくぶん湿った感じがするのは建物が古いせいかもしれない。それに外の明るさに慣れた目は、立ち込める薄暗さに戸惑った。

スリッパを履いて廊下を行くと、右側に中庭がある。中庭の中央には、井戸とおぼしき円形の石組みの構造物があった。頑丈そうな鉄製の蓋《ふた》で覆ってあるから、たぶんいまは使われていないのだろう。

廊下の突き当たりの襖《ふすま》を開けると、そこは客間で、十六畳ほどはありそうな部屋に絨毯《じゅうたん》が敷きつめられ、中国風の脚の長い黒檀《こくたん》のテーブルを、同じ材質の椅子《いす》が六脚、囲んでいる。何となく下関条約を締結する会議でも行われそうな雰囲気だ。

「いま、祖父が参りますから、少しお待ちください」

女性が引っ込んで、待つほどもなく老人が現れた。渋い茶の和服姿である。事前の調べでは七十七歳と聞いていたが、顔の色つやや目の輝き、それにみごとな銀髪には若々しささえ感じられる。

浅見が立って挨拶《あいさつ》するのを、「まあまあ、お楽にしてください」と椅子を勧め、本人も「よっこいしょ」と腰を下ろしてから「須賀智文《ともふみ》です」と名乗った。

須賀家は息子の春男《はるお》氏で十六代になるのだそうだ。

「ずいぶん大きなお屋敷ですね」

浅見が言うと「いやいや」と笑いながら首を振った。

「いまはすっかり落ちぶれてしまって。祖父《じい》さんが見たら嘆くでしょうな」

智文は廊下とは反対側の障子を開けに立った。そこは回り廊下になっている。ガラス戸越しに目の下の国道を隔てて、浅見が通ってきた街が一望できる。大小不揃《ふぞろ》いの家が肩を寄せ合うように建ち並び、その向こうは松の疎林を透かして相模湾が見えている。

「祖父さんの代までは、この辺り一帯の漁師を仕切ってまして、ずいぶん羽振りもよかったのですがね。親父《おやじ》が道楽者だったところへもってきて、私がまた商才のない人間だったものだから、なけなしの土地や家作を切り売りしてつないできたような次第です」

自嘲《じちょう》しているのか、楽しんでいるのか分からないような口ぶりで言った。

「ところで、今回は何か、泉鏡花先生に関する取材と伺ったのですが」

テーブルに戻って、話の本筋を促した。

「はい、泉鏡花が『草迷宮』を書いたのは、こちらのお宅に伺ったのがきっかけだということなのですが、その辺りのことを聞かせていただけたらと思います」

「ああ、確かに祖父も親父もそんなようなことを言っておりました。私は実際のところは分からないのですがね。しかし、主人公が大崩れを通ってこの辺りに来たという話の筋からいうと、モデルに該当するのはこの家だったかもしれません。当時、この辺りでは、ほかに民家でそれらしい屋敷は見当たらなかったでしょうからね」

鏡花の『草迷宮』は、主人公の若者が得体の知れない化け物や亡霊に悩まされるという奇妙なストーリーだが、その怪奇現象が起こるのが、広い敷地にある古屋敷――という設定だ。

「鏡花先生は逗子で病気療養をしていて、この周辺はよく散策されたらしい。祖父さんなど、昔の人間は文人墨客《ぼっかく》のお世話をするのを好んだそうだから、おいでいただけば歓迎したにちがいない。うちにもいくつか鏡花先生の墨跡などがあったはずなのだが、親父が全部、売っぱらったようです」

智文は屈託なく話す。その調子で、須賀家のことや秋谷周辺の昔話を聞かせてくれた。浅見も興に乗って、私見を交えた質問をすると、いっそう愉快そうに、どんどん話を膨《ふく》らませてくれる。鏡花は『草迷宮』の中で、石の中から丸い平たい石が生まれる「子産石《こうみいし》」の話を書いているが、子産石というのは実際にあるのだそうだ。

父親が「売っぱらった」中で、この屋敷と、江戸時代に建てられた長屋門だけは何とか残ったという。長屋門というのは庄屋の権勢を誇る象徴のようなもので、浅見も早速、見せてもらったが、確かに立派だ。

「学生時代の私は、そういう権勢みたいなもの自体が大嫌いでしてね。何かにつけ親父に反抗して、家に寄りつかない時期もありました。親父もなかば諦《あきら》めて、自分一代で須賀家をぶっ潰《つぶ》すつもりになったのじゃないですかな。親父の道楽の責任の一端は、私にもあったのかもしれませんな」

話の途中で、最前の女性がお茶を運んできてくれた。大振りの最中《もなか》が添えてある。

「これ、逗子の名物なんです」

女性が解説して、自ら「絢香《あやか》と言います」と名乗った。

「家内が五年前に亡くなってからは、もっぱらこれが私の面倒を見てくれる。内孫はこれ一人でしてな。ゆくゆくは絢香がこの家を継ぐことになります」

智文老人がそう言って、突然、「浅見さんは奥さんは？」と訊《き》いた。

「いえ、まだ独りです」

「そうですか、それはいい。いかがかな、この絢香などは？　まだ、横浜の大学で、大学院生なんかやってるが、気立てはいい」

「やめてよ、お祖父さん」

絢香が呆《あき》れて大きな声を出した。浅見に向けて、上目遣いにペコリと頭を下げた顔は赤くなっていた。

「いいじゃないか。縁なんてものは、どこで出くわすか分からんぞ。なあ浅見さん」

「はあ、まあ……」

曖昧《あいまい》に応じたが、浅見も当惑して、ただ笑うしかなかった。

絢香は話に参加するつもりで椅子に腰を下ろした気配だったのだが、祖父の「奇襲」にあって、そうそうに引き揚げた。

「ところで浅見さん、あなたゴルフはやりますかな？」

「いえ、残念ながらまったくできません」

「そうですか、それはいい」

智文は我が意を得たり──と言わんばかりにテーブルを叩《たた》いた。

「あんなものはやらないに越したことはないですぞ」

「そうでしょうか。僕は単に諸般の事情、とりわけ経済的な事情から手を出せないでいるだけなのですが」

「いやいや、それでよろしい。だいたいこの狭い国土にゴルフ場ばかり造って、いったいどうするつもりですかな。食料自給率が四〇パーセントだというのにですよ。森や林を切り開いたと思えば、みんなゴルフ場だ。そんなゆとりがあるなら、広大な畑や牧場を造ればいいじゃないですか。戦争中は校庭まで掘り返してイモを植えたというくらいなのに、何を考えているのやら」

嘆かわしそうに首を振る。浅見はいきなりゴルフ嫌いの話を振られて面食らった。そこへもってきて戦争中の話まで出てきてはついてゆけないが、校庭にイモを植えたのは本当なのかどうかには興味を惹《ひ》かれた。

「本当のことです。われわれ当時の中学生は、イモを植えるか軍需工場に徴用で行くか、どっちかでした。もうちょっと戦争が長引けば、戦場に駆り出されていたところだったのですよ。戦争が終わってからの飢餓状態もひどいものだった。ところ構わず畑を掘って、イモやカボチャを作って、必死で生き長らえたもんです。それがどうだろう。喉元《のどもと》過ぎたらというやつですな。食うや食わずだったのも忘れ、畑は潰す、減反はするで、気がついてみたら外国からの食料をあてにする国に成り下がった。世界的に食料需給が逼迫《ひっぱく》したらどうするつもりなんですかね。現に、牛乳が余ったからといって捨てさせたかと思えば、今度は足りなくなったから増産せよと、馬鹿なことを言いだした。無策な政治家はもちろんだが、国民そのものの意識がなっとらん。バブルがはじけて、痛い目に遭っても、またぞろゴルフブームなどと浮かれている連中の気が知れない」

親の仇《かたき》に出会ったような昂《たか》ぶりで熱弁をふるうの

で、浅見は呆気《あっけ》に取られた。「旅と歴史」の取材目的とはまったく乖離《かいり》してしまったのはいいとしても、ゴルフ排斥論《はいせきろん》にはどう相槌《あいづち》を打てばいいのか困惑する。

「ははは、取材の趣旨とはかけ離れてしまったと言いたそうですな」

さすがに智文も気がさしたようだ。

「じつは、この辺りでゴルフ場建設の話が持ち上がっておりましてね。三浦半島なんて、そんなに広い土地があるわけでもないのに、わずかばかり残っている森や山を潰してしまおうという暴挙ですな。まったく怪《け》しからん」

どうやら智文の憤激はそれに触発されてのものらしい。

「ここから東のほうに、武山《たけやま》という二百メートルあまりの姿のいい山があるのだが、その辺り一帯を開発してゴルフ場にしようとする動きが出てきた。そこは手つかずの緑地で、三浦半島に残された最後の聖地のようなものです。それを潰してしまおうというのだから、無茶苦茶ですな。『旅と歴史』にもそのあたりのことを書いてもらえるとありがたいのですがなあ」

「そうですね。メインのテーマになりにくいとは思いますが、三浦半島にいま、そういう状況があるという、問題提起のような形でならば書けると思います」

「それでいいです。年寄りのたわごとみたいに思われるかもしれんが、孫子の時代、ひいては、国家百年の大計を考えると、切実な問題ですからな」

「よく分かります」

「そうですか、分かってもらえますか。いやあ、浅見さん、あなたは若いに似ずまともな考えの持ち主のようだ。それにつけてもどうですか、さっきの絢香の話は。もし何なら、このボロ家つきで、もらっていただけませんかな?」

「ははは、それはそれこそ無茶苦茶です。絢香さんに叱《しか》られますよ」

「いやいや、そんなことはない。あれは父親と違って、わりとまともな性格でしてな。現代人とは同化しにくい変わり者です」

「ということは、つまり僕も変わり者という意味でしょうか」

「そのとおり。といって、貶《けな》して言うわけじゃありませんぞ。いまはまともなのが変わり者と呼ばれる時代です。浅見さんはたぶん、思想的には右でも左でもないでしょう。物事を真《ま》っ直《す》ぐに見る。いわゆる正論の持ち主ですな。しかし人と議論することはしない。かといって、斜に構えて世の中を冷ややかに見ているわけではない。感情移入はするし、涙もろい性格にちがいない。どうです、当たってませんかな?」

「はあ、概《おおむ》ね、当たりです」

亡くなった父親によく、「おまえは単純でいい性格をしている」と、褒《ほ》めたのか貶したのか分からないようなことを言われたものである。確かに老人の言うとおりなので、浅見は仕方なく頭を下げた。わずかの時間なのに、こんなにあっさり見透かされるようでは、自分も底が浅いな――と思った。

「ほうっ、当たってましたか。それは愉快ですなあ」

智文は無邪気に喜んでいる。その様子から察すると、案外、当てずっぽうだったのかもしれないが、それにしても洞察力のあることは否定できない。

「須賀さんはお若い頃、何をなさっていらしたのですか?」

当然の疑問を呈してみたが、とたんに智文はつまらなそうな顔になった。

「いや、話すほどのことはしておりません。平々凡々、無駄に齢を重ねただけです」

そう言うと、「さて、こんなところですかな」と立ち上がった。

第一章　お旅まつりの夜

1

五月十三日——小松の「お旅《たび》まつり」前夜のことである。安宅《あたか》の関《せき》跡の先の海岸で男が殺された。

安宅の関はいまさら説明するまでもなく、源《みなもとの》義経《よしつね》、弁慶《べんけい》の一行が都を落ちて、山伏姿で奥州へ向かう途中、ここの関守に訝《あや》しまれ、弁慶が主人の義経を打擲《ちょうちゃく》して難を逃れたという、歌舞伎の「勧進帳《かんじんちょう》」で有名だ。

安宅の関跡は梯川《かけはしがわ》の河口、高さが三十メートルほどの、こんもりした松林の中にある。この辺りの観光の目玉になっているところで、マイカーはもちろん、大型のバスで乗り付ける観光客も少なくない。

松林が海側に開けた小高い場所にはレストハウスがある。その先には駐車場。さらにその向こうは日本海が広がる。レストハウスの海に面した側は大きなガラスの壁になっていて、ここから見る夕日がすばらしい。春から秋にかけての夕刻など、この辺りはちょっとしたデートスポットである。

男の死体は駐車場が海岸に切れ込む手前の地面に横たわっていた。もう少し先まで行くと台地が終わり、砂浜に落ち込む。砂浜は夏の盛りには海水浴を楽しむ人で賑《にぎ》わうが、冬の季節風が強い時には日本海の荒波が、草地近くまで寄せてくることもある。

死体の発見者は、朝、出勤してきたレストハウスの佐々木律子《ささきりつこ》という女性従業員で、建物の中を掃除しながら、なにげなく海の方角を眺めて、人が倒れていることに気づいた。百メートルも離れた位置だから、もちろんその時点では生死のことなど分かりようもなかったが、ただごとではないものを直感し、すぐに店長の川原淳佑《かわはらじゅんすけ》に連絡した。

「死んどるんけ?」

佐々木の報告がしどろもどろだったので、川原は話の途中で訊いた。

「いえ、遠くて分かりませんけど、動く様子はないので、どうしたらいいかと……」

「なんや、確かめとらんがか」

「恐ろしくて、近づけませんよ。早く来てくれませんか」

「分かった。すぐ行くし、その前に警察に連絡しとけや。一一〇番じゃなくて、小松署の栄《さかえ》さん——轟《とどろき》さんがいいやろう」

小松警察署刑事課の轟栄巡査部長は小松市の出身で、このレストハウスにもよく立ち寄るし、川原が「栄」とファーストネームで呼んだように、川原とも佐々木とも、幼なじみのように親しくしている。生死のほども、それに事件なのか、病死なのか、それともただの泥酔者なのかが分からない現時点で、いきなり一一〇番するより、気心の知れた轟に処置を頼むほうがいいと判断したのだ。

間もなく川原の車と、それに追随するように、轟と部下が乗ったパトカーが到着、駐車場で落ち合う形になった。

「今日から祭りやっていうがに、朝っぱらから何やら迷惑かけて、わるいねえ」

川原はいかにも眠そうな轟の顔を見て、頭を下げた。

「なーん、そんなんどうもねえけど、うちの真純《ますみ》が子供歌舞伎に出るもんで、ここんとこ毎晩、遅《おそ》まで稽古《けいこ》に付き合わされて、そっちのほうがえらい迷惑や」

轟は「迷惑」と言いながら、嬉《うれ》しそうに白い歯を見せた。

小松の「お旅まつり」には各町から八台の曳山《ひきやま》が出る。どれも権現造《ごんげんづく》りを模した豪華な様式で飾られた「山車《だし》」だ。その曳山の舞台では子供歌舞伎が演じられる。かつては出演者は男の子と決まっていたのだが、いつの頃からか、全員女の子になった。各町持ち回りで、八歳から十二歳までの、小学生の女子の中から選ばれる。

轟の住む寺町が今年は当たり番で、小学校六年になる娘の真純が推薦を受けた。演目は「碁盤太平記《ごばんたいへいき》大石妻子の別れ」で真純の役は大石内蔵助《おおいしくらのすけ》。初めは「男の役なんかいやや」と言っていた真純だが、稽古が進むにつれて面白みが湧《わ》いてきたのか、最近は大いに乗り気で、夜の稽古が終わって帰って来てからも、両親を相手に稽古の仕上がり具合を演じて見せる。母親の幸子《ゆきこ》はまだしも、仕事で疲れている轟にとっては、これがなかなかの難行ではあった。

川原が「そりゃ、ご苦労さんやね」と慰《なぐさ》めを言っているところに、レストハウスから佐々木が駆けて来た。呑気《のんき》そうな二人を睨《にら》みつけるようにして、無言でその「場所」を指さした。

指先を辿《たど》ると、白っぽく乾いた地面の上に黒々とした「物体」が横たわっている。川原と二人の警察官は小走りに近づいて、物体が人間であり、ひと目見ただけで、すでに息絶えていることが分かった。

「こりゃだめや。この辺り一帯は立ち入り禁止にする。淳ちゃん、今すぐ関係方面に連絡したほうがいいわ」

轟は川原に指示した。

「そうやな」

規制線を敷かれるとなると、観光バスの会社など、早めに知らせて、目的地を変更させなければならない。それにしても、レストハウスまでが規制線の内側に入るとすると、営業もできないということだ。

轟の連絡で、小松署から署長以下、刑事課、交通課、警邏《けいら》課を含め、署員のほぼ半数に当たる三十名が出動して来た。現場周辺を規制するとともに、初動捜査が開始された。規制線を張る範囲をどこにするかが問題だったが、川原の懸念を感じたわけでもないだろうけれど、駐車場と、そこへ入ってくる道路を規制するに止《とど》まった。安宅の関そのものを規制するわけにいかないし、現場まで来る途中には大きな料理旅館もある。梯川を借景にした名所のような古い旅館で、もともとこの道は旅館のためにあった道を延長したようなものでもあるのだ。

もっとも、レストハウスの客のほとんどは駐車場を利用する観光客だから、駐車場が使えないのでは、レストハウスに関しては事実上、開店休業状態と変わらない。ただし、それから間もなく殺到した報道関係者と野次馬で、けっこうな賑わいになった。

死亡していたのは八十歳近くかと思える男性で、死因は胸部に受けた刺傷による失血死と見られる。大量の出血があったはずだが、砂利を含んだ砂地だったために、ほとんどが地中に吸い込まれてしまったようだ。現場周辺に凶器は見当たらないことからいって、殺人事件と考えられる。地面に残る血痕から見て、凶行の現場もこの場所だろう。

被害者の身元を示すような所持品はなかった。服装は歳恰好《としかっこう》にふさわしい地味なスーツ姿だが、ポケットに財布もなく、名刺入れや手帳のたぐいも見当たらない。状況から見て盗み目的の犯行と考えられる。ズボンのポケットに兼六園の入場券の半券が残っていた。

スーツの胸の内側に「須賀」という縫い取りがある。それだけが身元を憶測できる材料であった。

事件発覚から一時間後には、県警の本隊が到着した。小松署に捜査本部が設置され、およそ八十人態勢で捜査に取りかかることになった。殺人事件に対する動員数としては、それほど多くはないが、事件は単純な強盗殺人事件と見られることから、それ以上の大人数を投入するまでもないとされた。

死亡推定時刻は前夜の午後十時から午前零時にかけてと断定された。轟部長刑事が、娘の名演技からようやく解放されて、風呂に入った頃だ。ビールが入って風呂で鼻唄《はなうた》を唸《うな》っている最中に、ここでは老人が殺されていたのか——と思うと妙な気分である。

初動捜査は人海戦術で、まずは目撃者探しと遺留品の捜索に全力をあげる。轟ら所轄の人間はもっぱら、例の料理旅館を皮切りに、小松駅や国道沿いのレストランなどの聞き込みに向かった。旅館はほとんど道路に面しているとはいえ、道路から建物までのあいだには三十メートルほどの空間がある。夜間、道路を車が通ったかどうか、また人の争うような気配があったかどうかについては、まったく誰も気づいていないという。

犯行現場にはふつうは車を使う以外、近づきにくい。犯人はどこからか車に被害者を乗せて来て、あの場所で犯行に及んだものと考えられる。現場の駐車場には砂利が敷きつめられていて、タイヤ痕や足跡などの採取は不可能に近い。それでも鑑識は国道から駐車場に至るアスファルト道路を調べて、タイヤ痕の発見に努めている。

佐々木律子が「異変」に気づいたのが午前八時半頃だから、その時点で犯行時刻からすでに八〜十時間を経過している。犯人が車で逃走したとすると、もはや数百キロのかなたに去ってしまった可能性がある。

犯人の足取り捜査はもちろんだが、それ以前の犯人と被害者がどこで接触したかを想定する作業も急がなければならない。目撃情報は時間とともに急速に減少してしまう。その日の午後に行われた捜査会議では、当面、聞き込み捜査を進める一方で、被害者「須賀」の身元の特定に注力することになった。

間の悪いことに、小松市内は「お旅まつり」一色に染まって、浮かれきっていた。本来なら、小松署にも交通課を中心に警備や交通整理などで総動員令がかかっているはずなのである。その最中に降って湧いた、祭りの関係者にとってはまったく迷惑な事件だ。

小松の旧市内八カ町では、数週間前から曳山が組み立てられ、それぞれの「格納庫」で展示されている。この時期は町内で手隙《てすき》の人間は男女を問わず駆り出され、曳山や子供歌舞伎の世話に掛かりきりになる。轟は職業上、町の作業を免除されるが、その分、妻の幸子は真純の世話はもちろん、芝居の準備を手伝わなければならない。

「あんたは気にせんと、お仕事に専念してくださいい」

幸子は健気《けなげ》なことを言うが、轟のほうが気にしないではいられない。何しろ、わが娘の一世一代の晴れ姿なのだ。

子供歌舞伎は展示中の曳山の舞台で、祭り期間中に延べ十一回、上演される。その前に本折日吉《もとおりひよし》神社と莵橋《うはし》神社に芝居の無事を祈願するための行列が執り行われ、その後、小松市役所に市長を表敬訪問する。衣装を着けての行列だから、幼い子供たちにとってはなかなかハードな仕事にちがいない。

事件捜査で手一杯とはいえ、祭り行事の安全のために、小松警察署からも交通課を中心に多少の人数は出動した。スリや喧嘩《けんか》などが発生するおそれもあるので、本来なら刑事課としても人員を割《さ》かれるところなのだが、さすがに目前に「事件」

を抱えていては、それどころの騒ぎではない。

聞き込みや目撃者捜しのほうに目ぼしい進展のない中、その日の夜遅くになって、被害者の身元だけは手掛かりが出てきた。

事件を報じるテレビニュースを見て、「もしかすると当家の人間かもしれない」という問い合わせがあった。

先方は神奈川県横須賀市秋谷の「須賀」と名乗っている。須賀家の主《あるじ》である須賀智文という人物に印象が似ているというのである。須賀は「スガ」ではなく「スカ」なのだそうだ。横須賀の「須賀」も「スカ」だから、地元の名家なのかもしれない。

ともあれ、七十七歳という歳恰好や服装などが似通っている。とりあえず身元確認のために来てもらう手配をした。深夜に近い時刻だったので、羽田から明日一番の飛行機で小松に来ることになった。その際に須賀智文の写真を持ってくるように頼んだ。焼き増しして聞き込み用に使うためである。まさか死に顔を持ち歩くわけにはいかない。

轟は午後十一時過ぎに帰宅した。娘の真純は昼の疲れで早くに寝たらしい。

「とってもいい舞台やったわ」

幸子が報告した。出演者七人の中で、真純の大石内蔵助が出色の出来だったそうだ。親の欲目があるからあてにはならないが、最上級生で体つきも大柄な真純だから、ひときわ目立ったということはあるのだろう。

「お祖父ちゃんもずっと付き合って、これまで見た中で、いちばん立派な内蔵助やったって、べた褒めしとったわ」

幸子の父親・大脇忠暉《おおわきただき》は、去年まで寺町の世話役を務めていた。一時、体調を崩してお旅まつりの表舞台からは引退したが、いまでも町の催しには何かと口を出す役回りを果たしている。

「明日は何とかして、おれも見に行くわ」

轟はそう言った。刑事課長の滝川洋《たきがわひろし》は地元の人間ではないが、けっこう融通《ゆうずう》のきく性格だから、芝居の様子を覗《のぞ》くぐらいの自由は認めてくれるだろう。

2

翌朝、九時半頃に須賀の家族が到着した。市立病院の霊安室に置かれている被害者の遺体と対面して、ひと目で本人であると確認した。

家族は須賀智文の長男・春男と妻の幹子《みきこ》、それに彼ら夫婦の娘の絢香の三人。三人の中では絢香が最も悲しんだ。遺体にすがり付いて、涙が止まらなかった。二十四歳になるそうだが、まるで幼女のように泣いた。後で事情聴取の際に分かったことだが、絢香はいわゆるお祖父ちゃん子だったらしい。

「謹厳実直で、少し融通のきかないところはありましたが、孫娘の絢香にだけは、何でも言うことをきくような優しい父でした」

春男がそう語った。

謹厳実直である意味、狷介《けんかい》な性格だったために、かえって反感を買うことはあったが、それ以外に、他人から恨まれるようなところはなかったはずだ

——という。

遺体との対面の後、別室に入って事情聴取が行われた。

須賀智文は事件発覚の二日前、五月十二日に横須賀市秋谷の自宅を出ている。「金沢へ行く」とだけ言い残して、目的地や日程などの細かい内容までは言わなかったそうだ。

日頃から贅沢《ぜいたく》や遊興を嫌う性格で、単なる物見《ものみ》遊山《ゆさん》的な旅はあまり好まなかったというから、何か目当てのある旅だったのかもしれない。

「それについて心当たりはありませんか」

轟はこの質問を何度か繰り返した。

春男も幹子も首を傾《かし》げるばかりだったが、絢香がふと「もしかすると……」と思いついたように言いだした。

「泉鏡花の生家を訪ねるのが目的だったんじゃないかしら。いつだったか、いちど行ってみたいって話してましたから」

「はあ、泉鏡花……ですか」

轟にはぴんとこない名前であった。むろん名前ぐらいは聞いたことはあるが、昔の小説家——ぐらいの知識しかない。

「金沢に鏡花の生家があるでしょう」

そう言われて、そうだったかな——と思う程度である。

「じつは、泉鏡花は私の家のある横須賀市の隣、神奈川県逗子市にも住んだことがありましてね」

春男が説明を加えた。

「住まいが私の家の近くで、祖父——つまり父の父ですが、子供の頃に鏡花が立ち寄ったという話をしていた記憶があります。逗子時代に書かれた『草迷宮』という作品は、私の曾祖父《そうそふ》から聞いた伝説をもとにして、泉鏡花が書いたものだとも聞きました」

「この近くには鏡花ゆかりの温泉もあるはずですよ。鏡花の叔母《おば》さんがいたんです。祖父はその話もしていました」

と絢香が付け加えるように言った。

「この近くの温泉というと、辰口《たつのくち》温泉が有名ですがね」

轟は言った。

「あ、それだと思います。じゃあ、祖父は辰口温泉に泊まったのかもしれません。調べてみてください」

言われなくても、そんな手掛かりがあるのなら、警察は一も二もなく調べる。轟は辰口温泉で最も由緒ある旅館——「まつさき」に電話してみた。確か当主は六代目と聞いている。明治期の小説家・泉鏡花の時代から続いている旅館なら、「まつさき」に間違いないだろうと見当をつけた。

須賀という人物が泊まらなかったか——と訊くと、「ああ、そのことでいま、警察に連絡しようか、考えていたところです」という答えが返ってきた。

「ニュースで、須賀様とおっしゃる方が殺されたという事件のことを知って、ひょっとすると、うちにお泊まりになるはずの須賀様ではないかと……」

一昨日の朝、須賀と名乗る人物が宿を予約してきた。夕方か、遅くとも午後七時頃にはチェックインするということだったのだが、それっきり現れないので、これは冷やかしかドタキャンかと思っていたところ、今朝になって事件のことを知ったというのである。

轟は小池誠《こいけまこと》という若い刑事と一緒に辰口温泉へ向かった。

辰口温泉は石川県能美《のみ》市辰口、能美丘陵の北側にある。四方を丘陵に囲まれた盆地の底のような、穏やかな土地である。池の中に気泡が噴き出していたので、早くから温泉の湧出《ゆうしゅつ》には気づいていたのだが、その辺りは洪水の起きやすいところだった。それを天保年間に源助という人物が苦労の末、開発に成功した。現在その池の畔《ほとり》に旅館「まつさき」がある。旅館といっても鉄筋コンクリート四階建てで、しかし全体の印象はみごとなほど和風の佇まいだ。

駐車場から大きな玄関に入ると、池を渡る八ッ橋のように折れ曲がった渡り廊下が続いている。本館に入ると広々としたロビーだ。全国的にはそれほど有名とはいえないが、知る人ぞ知る名湯であり名旅館である。

もちろん、地元に住む轟は、評判をよその人間から噂《うわさ》で聞くだけで、利用したことはない。想像していたのより立派なので、少ししり込みしたい気分であった。

ロビーで社長が応対してくれた。まだ五十代なかばくらいだろうか。六代目社長というだけあって、どことなくおっとりした物腰である。

「いやあ、びっくりしましたわ」

たがいの紹介を終えると、開口一番、松崎社長は正直な感想を述べた。

「ふいのご予約を当日にいただきまして、ずっとお待ちしとったんですが、予定のチェックイン時刻を過ぎて、夕食のお時間も過ぎたというのにご連絡もなく、これはキャンセル、いわゆるドタキャンかと思って、少々迷惑なことに思っとったんです」

事件の報道は、当日も、今朝も気づかず、いま頃になってようやく気づいたという。実際は、従業員の誰かがもう少し早くにニュースを見ていたのかもしれないが、まさか——と思ったのか、それとも、関わり合いになりたくない気持ちが働いたのかもしれない。

「初めてのお客さんだったんですか?」

「はい、初めてです」

「予約は一人だったんですね?」

「はい、お一人でご一泊ということでした。ご予約をいただいた時に、フロントの者に泉鏡花の史跡があるかどうかを尋ねておられたそうですので、たぶん、そういうご趣味の方の、独り旅ではないかと思います」

「家族の人たちもそう言ってますよ。ところで、予約はその日ということですが、どこから電話してきたのか、分かりませんか」

「分かります。金沢のホテル日航さんからかけているとおっしゃってたそうです」

ホテル日航に電話で問い合わせると、確かに須賀智文は前日に宿泊していた。轟と小池はその足で金沢に向かった。

ホテル日航金沢はＪＲの金沢駅前にそそり立つ、

北陸随一の高層ビルである。金沢の新しいランドマークになっている。

「いましがた、事件のことに気づきまして、警察にご連絡しようかどうしようかと言っていたところです」

フロントの責任者は「まつさき」の社長と同じようなことを言った。これもまた本音は分からないが、それをとやかく詰問する場合ではない。

須賀智文は午後二時頃にチェックインして、それから間もなく、キーをフロントに預けて外出したらしい。むろん行く先は告げず、タクシーを利用したかどうかも不明。ホテルに帰ったのは午後九時頃だが、その間の行動については分からないという。

「誰かが訪ねて来たとか、誰かと会ったかどうかは分かりませんか」

「ご来客があったご様子はありません。外でどなたかとお会いになったかどうかも、把握しておりません」

「午後九時の帰着というと、夕食は外で済ませて来たわけですね」

「はい、そうだと思います」

「朝食はどうだったんですかね」

「ご朝食は召し上がっておられます。和食の店で朝の定食をお召し上がりでした」

すでに宿泊者のデータを見て、確認していたらしい。チェックアウトは午前十時。その直前に辰口温泉の「まつさき」に電話している。電話はホテルの客室からかけた記録が残っていた。

「チェックアウトの際、あるいは出発の際にも、誰かが来た形跡はありませんか」

「はい、どなたもお見えになったご様子はありませんでした。ご出発もタクシーはご利用でなく、駅のほうへ向かわれたようで」

　須賀が単なる物見遊山で旅することはないという話だから、どこか特定の目的があった可能性が強い。となると、須賀の家族が言っていた「泉鏡花」がらみのことを考えるべきだろう。

「泉鏡花でしたら、尾張町に泉鏡花記念館がありますよ」

　小池刑事が知っていた。百万石通りを一つ裏手に入った通りに面している。そこは鏡花の生家があったところで、外観もそれらしい、しもたや風の雰囲気に造ってある。

　建物自体はこぢんまりとしたものだが、館内はいろいろ工夫を凝らして鏡花の世界を醸しだしている。

　受付の女性に警察手帳を示して、須賀の写真を見せた。

「来館者にこういう人はいませんでしたか。一昨日かその前の日ですが」

　比較的、最近に撮られた写真で、顔の特徴がよく分かるものを選んできた。

「あ、この方でしたら、おいでました」

　女性もすぐに分かった。

「三日前の午後三時頃だったと思います。熱心に展示品を見ておられて、帰りに『どうもありがとう』とおっしゃったので、憶《おぼ》えてます。そんな風にお礼を言う人は滅多においでませんし」

「どのくらい長くいました？」

「さあ……はっきりは分かりませんけど、一時間はおられたと思います。そういえば、もう少しご覧になりたい様子でしたけど、時計を気にして、最後はそそくさと切り上げて帰られたみたいです」

「何か予定があったんですかね？」

「たぶんそうですね。もしかすると、お待ち合わせじゃなかったでしょうか。入口を出る時に、外の様子を窺《うかが》っているような気配でしたから」

「というと、この記念館の前で落ち合うような感じでしたか」

「はい、そんな感じがしました。でも、はっきりしたことは分かりません。雨が降り出しそうでしたから、それを気にしておられたのかもしれませんん」


女性は責任を持つのはごめん——と言いたそうだ。

そういえば、その日の天気予報は夕刻から雨になると言っていたのがはずれ、一日遅れてお旅まつりの前日になって小雨がパラついた程度だった。

須賀の足取りはそこから先、ホテルに帰着するまでのあいだはプッツリと途切れた。誰かと会ったかどうかは確実ではない。兼六園の半券があったことから、泉鏡花記念館のあと、兼六園を散策し、その後、どこかで食事をしたことは間違いなさそうなのだが、金沢市内の飲食店を洗うとなると、人海戦術で聞き込みに回らなければならない。これは相当なエネルギーを要するし、そうしたからといって、必ず成果が挙がるとはかぎらないのである。

むしろ、現場の状況からいうと、強盗に襲われた印象が強い。どこかで脅され、車で運ばれたあげく、安宅の関で殺害された――となると、相手はおそらく複数だ。そういう荒っぽい犯行からは、若くて素行の悪い常習者の臭《にお》いが浮かび上がる。

警察の人間としては言ってはならないことだが、一種の事故に遭ったような災難と考えるほうが当たっていそうだ。

その日の捜査会議では轟たちの報告に基づいて、金沢での須賀の足取り捜査を展開する方針が決まった。もっとも、誰かに会ったかもしれない――というのは、憶測にすぎないので、捜査員たちの気勢があがらないのはやむを得ないことではあった。

須賀家の人々は小松市内のホテルに一泊、司法解剖が終わるのを待って、車を仕立てて遺体と共に帰って行った。

お旅まつりのお囃子《はやし》や、獅子舞《ししまい》が町内を巡る賑わいが、遺族の耳にどう響いたかと思うと、轟は何となく後ろめたい気分であった。

捜査は格別の成果も挙がらない状態で、たんたんと、あるいは粛々《しゅくしゅく》と進んだ。当初から強盗殺人事件という感触があったから、物理的な聞き込み捜査や足取り捜査が主体になる。遺族の話を聞いても、被害者が他人に恨まれるような事由は見当たらないというし、小松や金沢近辺に知り合いがいるということもなさそうだ。

要するに手掛かりとなるものは、現場に残された証拠物や前歴者の洗い出しに頼るほかはないのである。金沢市内やＪＲの駅などで聞き込みを続けても、成果に繋《つな》がるような感触は得られない。

そうしてまったく進展がないまま、時間ばかりがどんどん過ぎてゆく。お旅まつり期間が終わると、小松の町はいつもどおりの静かで平凡な日々に戻った。

3

もっとも、静か——といっても、小松市の近くには小松空港と自衛隊小松基地がある以上、航空機の発着に伴う騒音は避けることができない。とりわけ自衛隊機はものすごい轟音《ごうおん》を発する。市内中心部ではさしたることはないが、基地周辺の住民は、騒音もコミの日常生活を受け入れるより仕方がない。


ひと頃は騒音問題を中心に、基地反対闘争が繰り広げられ、小松市民が巻き込まれたこともあるが、最近は住民も諦めと慣れのせいか、過激なデモなどは影をひそめた。小松署に在籍していたことのある先輩警察官に、反対闘争華やかなりし当時の話を聞くと、けっこう大変だったらしい。

「近頃の若い連中はおとなしい」などと、騒動の起きないのを物足りなさそうに述懐するのである。

小松市民の中にも、むろん、闘争に参加した人は多いのだが、最近は町でその話が出ることはほとんどないに等しい。小松で生まれ育った轟にしても、基地問題が騒がれた最盛期の昭和五十年代初め頃はまだ小学生ぐらいで、騒ぎの現場に参加したことはもちろん、野次馬見物に行ったこともなかった。

ただし小松基地の差止め訴訟そのものが終了したわけではない。主として騒音被害に対する訴訟なのだが、市民である轟も、好むと好まざるとにかかわらず、それと無縁ではいられなかった。

轟は警察官になってから二十年間、石川県の各地に赴任して、二年前に地元の小松署勤務を命じられた。皮肉なことにその翌年、全国的規模の基地反対運動の集会が小松市で開かれた。沖縄などから、戦闘機訓練を分散移転させることを問題にしたもので、その手の集会が小松で催されるのは久しぶりのことだった。

じつはその年には、小松基地騒音問題に関する市民団体による訴訟に対して、名古屋高裁の判決が出ている。判決は一部認容、一部棄却というものだった。

〔自衛隊機の離着陸によって基地周辺の住民等の会話、電話による通話、テレビ・ラジオの視聴、読書等の知的営み、家庭学習、休息等の日常生活の様々な活動を妨害されることによる多大な精神的苦痛及び騒音による不快感・圧迫感・不安感等を覚え、イライラする、怒りっぽくなる等の精神的・情緒的被害を認め、人格権侵害を認める。しかしながら原告等が訴えていた騒音による身体被害についてはこれを否定する。〕

判決文の趣旨はこのような内容である。その時の集会はこの判決を不服とするアピールを行うのが、主たる目的だった。

会場はこまつ芸術劇場「うらら」というところで、その後、参加者は会場を出て市内をデモ行進。その警備や交通整理に小松署からも人員が駆り出された。刑事課は直接は関係ないのだが、何か事故や事件が発生すれば出動することになる。そうでなくても、地元でそういう催しが開かれれば、ふだんは政治的な問題に首を突っ込んだり、真剣に考えたりする習慣のない轟も、警察の人間としてはもちろん、市民として無関心というわけにもいかない。

米軍や自衛隊の航空基地周辺では、どこでも大なり小なり、反対闘争はつきものだが、その中で小松の場合は比較的穏やかなほうなのだそうだ。それはどうやら、元来、おっとり型の市民が多いせいである。

石川県小松市は、加賀藩三代藩主前田利常《まえだとしつね》が自らの隠居所として城を築いて以来の城下町として栄えた。利常は武家屋敷や町家、寺社など城下の整備に努める一方、文化的な素養のある人物で、九谷焼《くたにやき》の振興などにも功績があった。その気風がいまも受け継がれているといえるだろう。

幸子の父親の大脇忠暉などはその典型で、幸子と結婚してから十数年になるけれど、轟は大脇が怒ったところを見たことがない。それどころか、世の中の変動に対してもまったく反応を示すことがなく、政治が腐敗しようが物価が高騰《こうとう》しようが、われ関せず——という顔をしている。せいぜい、ヤンキースの松井秀喜《まついひでき》の活躍に興味を示す程度だ。

「おまえの親父さんはほんとに、浮世離れしとるなあ」

いつだったか、轟は幸子にそう言ったことがある。

「そうやね、うちのお父さんは若い頃から隠居みたいな性格しとったから」

幸子も逆らわない。もっとも、大脇はかなり晩婚で、幸子が生まれたのは大脇が四十を過ぎてからである。幸子が社会人になった頃は定年を迎えて、以来、それこそ隠居然とした悠々自適の日々を送っている。

幸子自身、父親似のおっとりタイプだ。忠暉に比べると、むしろ母親の克子《かつこ》のほうが気が強く、物事の善悪を明確にしないではいられないようなところがある。それは隔世遺伝で娘の真純に受け継がれた。子供歌舞伎で大石内蔵助を立派に演じて見せたのも、その気の強さの表れだ。それに対して、息子の勇人《ゆうと》は祖父似なのか、万事におおらかなところがある。

轟の両親は富山県砺波《となみ》市に住んでいる。元々は小松市の出身で、砺波に本社がある運輸会社の小松支店に勤め、小松空港関係の荷扱いを担当していたのだが、轟が警察に入って間もなく、本社勤務になり、さらに取締役に昇格したために、夫婦で引っ越して行ったきり、砺波市の豪勢な社宅に住み着いてしまった。

あと何年かすれば退職して、この家に戻って来るはずである。そうなればお旅まつりの世話役を務める立場なのだが、いまは祭り見物に帰って来ることもできないほど、会社の仕事に忙殺される毎日なのだそうだ。

したがって轟が勤務地を転々としているあいだ、小松の実家は空き家になっていた。その間ずっと、家を管理していてくれたのが幸子の両親である大脇夫妻だ。

轟の父親と大脇忠暉は年齢は十五、六歳も違うが、家が同じ町内で付き合いのある間柄だった。たまに轟が家の様子を見に立ち寄ると、いつもきれいに片付いていて、礼を言いに大脇家に顔を出すと必ず夕食に招かれた。それが縁になって轟は幸子と結婚した。

じつのところ、轟と付き合うようになるまで、幸子は「警察官なんて大嫌いだった」のだそうだ。どういう理由かと訊くと、べつに理由はないと言う。

「なんでやろ?……」

しばらく考えて、「お父さんが警察のこと嫌いやったからかもしれん」と言った。

「何で嫌いなんけ?」

「知らん。嫌いかどうかも聞いたわけじゃないけど、何となくそんな気がする」

「ははは、それじゃ話にならんやろ」

「そうやけど、あんたと付き合い始めた頃、轟の息子は悪い人間じゃないけど、警察官やし、あまし近づかんほうがいいって言っとったことがあるよ」

「へえーっ、そんなこと言っとったんか。なんも知らんかったわ。おれと会う時は、そんな感じ、ぜんぜん見せんもんな」

「そりゃほうや。娘が好きになった相手を、悪く言うはずないがいね」

「ほしたら、結婚そのものについては、反対はしんかったんや」

「ぜんぜん。付き合っとるって知ってからは、何も言わんくなったわ」

「諦めたんかな」

「諦めたっていうより、そういう性格なんじゃないが。誰に対しても、絶対だめとか、ほんなきついことは言えんげんわ。お母さんは最初から結婚に賛成やったし」

克子の意見には、忠暉はまったく逆らわないのだそうだ。そのことも轟にしてみれば不思議でならない。

元来、石川県は保守的な気風で、家庭では男が威張《いば》っているというのがふつうだ。轟の両親などはその典型で、父親の言うことに母親が逆らうのを見たことがない。

富山県に移住することだって、母親としてはあまり気乗りがしなかったはずである。小松から砺波まで、電車で一時間ちょっとで行けるところなのだから、通うのは無理だとしても、新婚夫婦でもあるまいし、単身赴任しそうなものだ。それを、文句の一つも言わずに、従順について行った。

とはいえ、考えてみれば轟夫婦だって、任地先を一家で動いてきたのである。真純や勇人が学校に入ってからは、転校させるのがかわいそうだったが、そんなわがままは許されないものと決めていた。

もっとも小松に戻って来てからは、子供たちの学校のことを真剣に考える。たぶん二年先か三年先にやってくるにちがいない、次の転勤先には、自分独りで赴任する覚悟を、ひそかに固めつつあるところであった。

忠暉の「警察嫌い」も分からないではない。ふつうの市民の半分くらいは、警察や警察官を、何となく煙ったい存在に思っているのかもしれない。車で走っている時など、警察官の姿を見ただけで緊張する。スピード違反をしていなくても反射的にドキッとするらしい。

とくに刑事は敬遠されがちで、聞き込み先で手帳を見せた時の相手の反応は、一〇〇パーセント、あまり好ましいものではない。ほとんど無意識にスッと体を引く。それまで見せていた笑顔がたちまち強張《こわば》り、警戒感が露《あらわ》になる。中には（バレたか――）というような、後ろ暗いことがありそうな顔になることもある。

それは刑事という職業から生じる自意識過剰な勘繰りかもしれない。だいたい、人間誰しも、後ろ暗いことの一つや二つは背負っている。何となく胡散臭《うさんくさ》く見えるのは、運転者が警察官の姿を見てギョッとするのと、同じような習性なのだろう。

どっちにしても、刑事は嫌われがちな仕事だ。道を尋ねる時でもない限り、市民のほうから近づいてくることなど、絶対にないと言っていい。

そんなわけだから、刑事課を訪ねて来た男がいると聞いた時、轟は珍しいことがあるものだ――と思った。

4

六月に入って、捜査本部にも倦怠感《けんたいかん》が漂い始めた頃である。外回りから戻って刑事課の部屋で日誌をつけていると、受付の女性から「事件のことで訊きたいことがあるという人が見えましたけど、どうしますか？」と言ってきた。

部屋の中には何人かの刑事がいたが、デスク役の係長が席をはずしていたので、轟が電話を取った。

「マスコミけ?」

「いえ、そうじゃないみたいです。東京から見えたとおっしゃってます」

そばにその人物がいるのか、女性は小声で言った。

「東京から?……」

最初は追い返そうと思った轟は、そのことにちょっと引っ掛かった。事件発生後、報道関係で東京から来た者はいない。誘拐殺人や猟奇的な殺人でなく、たかが強盗殺人事件くらいで全国的に騒がれることは滅多にないものだ。

しかもマスコミの人間でもない者が、遠路はるばる訪ねて来るというのは、ふつうではない。

(タレコミか?――)

そんな気もした。

「分かった、自分が応対するから、上がってくるように言うといて」

刑事課は二階にある。その男はものの十秒も経《た》たないくらいで、ドアを開け、顔を覗《のぞ》かせた。階段を駆け上がったのではないかと思うほどの早さだ。

振り返った轟と視線が合うと、男は人懐《なつ》こい笑顔でペコリと頭を下げた。なぜか、目当ての人間がひと目で判別できたらしい。三十歳前後、轟よりは七、八歳下といったところか。長身で、どちらかというとやせ型で、ええとこのぼんぼん――といった印象の、なかなかのイケメンだ。

ドアを入ると、真っ直ぐ轟に歩み寄り、あらためてお辞儀をして、「浅見といいます」と名乗った。

名刺には肩書がなく「浅見光彦」という名前と、東京都北区の住所が印刷されているだけだ。

轟も立ち上がって名刺を渡して「どういうご用件ですか？」と訊いた。

「須賀智文さんが殺された事件のことで、少しお訊きしたいことがあるのですが」

「どんなことですか？」

「殺害の動機ですが、警察は怨恨《えんこん》の可能性はないと断定したのでしょうか？」

「ん？　いや、目下捜査中の事件で、まだ断定したわけでは……その前に、浅見さんは被害者とどういう関係ですか？」

名刺に視線を落としながら訊いた。

「須賀さんとは最近、お目にかかっただけです。ある雑誌の取材でお宅にお邪魔して、親しくお話をしました」

「雑誌の取材というと、浅見さんはマスコミ関係の人ですか？」

「フリーのルポライターをやっています」

「なるほど。つまり、今回も事件の取材に見えたというわけですか。それやったら、取材はお断りしますよ」

「いえ、こちらには取材に来たのではありません。ルポライターと言っても、事件物は扱っていませんので。そうではなく、純粋に事件捜査に興味を抱いているのです」

「あんたねえ、興味本位で事件に首を突っ込んでもらっては困るんですよ」

　思わず言葉がきつくなった。

「いや、興味というと語弊がありますが、好奇心をそそられたと言い直します」

「そっちのほうがなお悪いでしょう」

「そうでしょうか。好奇心がなければ、事件の謎《なぞ》に迫ることはできないと思いますが。なぜだろう？——と考えるところから、捜査はスタートするのではありませんか？　たとえば須賀さんはなぜ安宅の関のような場所で、殺されなければならなかったのか、どういう経路を辿ってその場所に至ったのかというような——です」

「そんなことはあんたに言われんでも分かっとる」

　そう言いながら、轟はかすかに胸を突き刺されたような痛みを感じた。確かに、捜査の原点は「なぜ？」という疑問からスタートするべきではある。しかし、今回の事件では、早い時点で強盗殺人事件と断定したので、被害者当人の行動についての「なぜ？」という疑問は蔑《ないがし》ろにされたきらいはある。

　どこか別の場所で拉致《らち》されて、あの現場まで運ばれ、殺害された——という筋書きには間違いないとしても、犯人側がなぜその場所を選んだのかという疑問と同時に、須賀がおめおめと犯人の言うなりになっていた理由も考えるべきではなかったのか——という反省が湧いた。

「ちょっと浅見さん、ここではなんやし、場所を変えましょう」

　轟は刑事課の部屋を出ると、廊下の先にある小会議室のような部屋に入った。ここには粗末ながらテーブルと椅子があって、ちょっとした打ち合わせや接客に使える。

「せっかくだから、浅見さんの言いたいことを聞かせてもらいましょうか」

向かい合いに坐って、轟は言った。少し相手の言い分を聞く姿勢になっている。

「僕は新聞やインターネットの記事検索でしか事件の概要を知らないのですが」

浅見は静かな口調で言った。

「それによると、警察はかなり早い時点で、犯行が盗み目的、つまり強盗殺人事件であるという見方を強めているというように読めましたが」

「まあ、確かにそのとおりです」

「それから、須賀さんが殺害されたのは、安宅の関の遺体発見現場であり、犯人によって拉致され、車で現場に運ばれたことは間違いないと思っていいのでしょうね」

「そうです」

「となると、拉致された場所がどこなのかが問題ですね」

「当然そういうことになります」

さり気なく答えたものの、轟は内心、（やはりその点を衝《つ》いてきたか――）とヒヤリとした。

「その場所を特定する条件は何だと思いますか？」

「特定する条件？」

「須賀さんが犯人に対して、何の抵抗もしないはずはないでしょう。犯人側だって、たとえば人通りのある場所、つまり目撃者が大勢いる場所で、腕ずくで拉致するというのは、考えられませんよね」

「まあそうでしょうな」

「となると、須賀さんはどこか人気《ひとけ》のない寂しい場所に行って、そこで犯人に襲われ、車に押し込められたということになります」

「……………」

轟は黙って頷《うなず》いた。

「そこはどこで、なぜ須賀さんはそんな場所へ行ったのかが疑問ではありませんか」

「場所がどこかは分からんけど、何らかの理由で行く必要があったんでしょうな」

「どういう理由でしょうか?」

「それは本人でないと分からない」

「本当にそんなところに行ったと思いますか?」

「それはまあ、現実に事件が起きたんだから、行ったと考えるべきでしょう」

「もし、行ってなかったとするとどうなりますか?」

「は? どういう意味です?」

「須賀さんは犯人に襲われるおそれのあるような、人気のない場所には行ってなかったと仮定したら、事件の状況はまったくべつのものになるのではありませんか?」

「それは、まあ、そうやけど……浅見さんは何を言いたいんです?」

轟は混乱した。この招かれざる客の言おうとしている意図が摑《つか》めない。

「もしも、須賀さんが何の抵抗もなく車に乗り込んだのだとしたら、べつに人気のない場所である必要はないでしょう」

「………」

「つまり、犯人は須賀さんの知り合いだったという意味です。その可能性はありませんか？」

「それは、まあ、可能性がないとは言い切れませんがね」

「もしそうだとすると、単純な強盗目的の拉致ではなかったことになります。はっきり言えば、顔見知りによる怨恨が殺人の動機だった可能性が強いということです」

　轟は無意識に、ほかに誰もいない室内を見回した。いまの時点になって、怨恨説を持ち出したら、県警の主任警部はどんな顔をするだろう――と思った。

「しかしですねえ、ご遺族や関係者に事情聴取をした結果では、被害者には誰かに恨まれるような事実は何もないということでした。日頃から非常に清廉潔白な人で、どちらかと言えば、釣りに行く以外、外を出歩くことの少ないような、ごく控え目な生き方をしていたそうですよ」

「ええ、そのことは僕も、須賀さんにお会いした印象でそう感じました。温厚でいい方だと思いました。ただ、清廉潔白だったり人格者だったりしても、それがかえって反感を招くようなこともあるのではないでしょうか。ことに後ろ暗いことのある人間にとっては、天敵のようなものです」

「一般論としてはそうかもしれんけど、実際にそういう人物がいた形跡はないんですからなあ。そもそも須賀さんには金沢や小松はもちろん、石川県自体に知り合いはいないはずだと言ってますよ。

その点を確かめるために年賀状なんかを調べたけど、石川県在住の差出人は見つかりませんでした」

「べつに地元の人間であるとは限らないでしょう」

「つまり、余所《よそ》から来とった人物と、たまたまこっちで遭遇して、殺害されたというわけですか？

そんなことはちょっと考えにくいですなあ」

「たまたまではなく、予《あらかじ》め会う約束を交わしていた可能性はありませんか」

「うーん、可能性ということなら、いろんなことが考えられますよ。ま、ほんなところですかな。せっかく来てもらいましたが、警察もそれなりに一所懸命やっとりますから、まあ、任せておいてください」

「分かりました」

浅見は思ったより素直に頷いたが、そのまま引き揚げるわけではなかった。

「ご遺族からだいたいのことはお聞きしましたが、須賀さんの足取りについて、現在まで把握している分だけで結構ですので、教えていただけませんか」

「そうですなあ……」

轟は少し考えたが、須賀の家族にも話していることではあるし、大まかな足取りくらいは話しても差し支えないと判断した。

金沢のホテル日航に五月十二日の午後二時頃にチェックインして、すぐに出かけて、泉鏡花記念館と兼六園を訪ね、その後、午後九時頃ホテルに戻り、翌朝は十時頃チェックアウトした——というものだ。

「ホテルから外出する際はタクシーを使っとらんので、行く先を追うことはできませんでした」

ホテルのドアマンの目撃談によると、いずれの場合も金沢駅の方向へ歩いて行ったということだった。その後、二泊目を予約した辰口温泉の旅館「まつさき」には、ついに現れなかったのである。

浅見は轟の話をメモして、「ありがとうございました」と礼を言って引き揚げた。

第二章　鉄板《てっぱん》道路

1

金沢に行く前、浅見は三浦の須賀家を訪ねている。小松での事件を知ったのは、三浦を取材した記事のゲラが出たので、その報告とチェックを頼もうと思って電話したことによる。

須賀家では電話に女性が出た。この前、顔を合わせた若い絢香ではない、かなりの年配を思わせる声だった。浅見は「『旅と歴史』の者ですが、智文さんに……」と用件を言いかけたのだが、「いま、留守なんです」と素っ気ないような口ぶりだった。

「絢香さんもお留守ですか」

「はい、みなさんお出かけです。私は留守番を頼まれた者です」

「そうすると、智文さんのお帰りはいつになりますか？」

「あのォ……お約束ですか？」

「はあ、一応、お約束してます。なるべく早くお会いしたいのですが」

「……じつはですね。こちらのご主人はですね……」

ひどく言いにくそうにしているので、浅見は第六感にピンときた。

「智文さんに何かあったのですね？　事故です

か?」

「いえ、そうではないですけど……あの、須賀さんのご主人はですね、一昨日、石川県のほうで亡くなられたんです」

「えっ……」

「それで皆さん、身元確認ということで、お出かけになりました」

身元確認ということは、死亡原因が通常のものではないことを意味している。

「それは事故でなく、事件なんですね?」

「はあ、そうみたいですけど、詳しいことは私には分かりません」

この女性では埒《らち》が明きそうにない。

「皆さんのお帰りはいつですか?」

「今夜か、遅くとも明日はお戻りになるとおっしゃってました」

「お帰りになったらお電話くださるように、絢香さんにお伝えください」

電話を切って、とりあえずインターネットで検索すると、小松市の安宅の関跡近くで殺人事件があったことが出てきた。被害者の氏名は須賀智文・七十七歳。死因は胸部に受けた刺傷による失血死。警察は物盗《と》り目的の殺人事件と見て捜査を始めたとのことだ。

翌々日の夜になって、絢香から電話が入った。今夜がお通夜。明日、告別式だそうだ。感情を押し殺したような短いやり取りの中で、背後の慌ただしい気配が伝わってくる。

浅見は落ち着いた頃を見計らってお邪魔したい——と告げて、電話を切った。

実際に浅見が須賀家を訪れたのは初七日が済んだ次の日のことである。

須賀家では息子の春男・幹子夫婦と絢香が顔を揃《そろ》えていてくれた。絢香は少し面《おも》やつれしていたが、少なくとも表面は笑みを浮かべて浅見を迎えた。

「このたびは思いがけないことで、本当に驚きました。御愁傷様《ごしゅうしょうさま》です」

型通りに挨拶して、すぐに事件の事実関係を聞かせてもらうことにした。

何があったのか――という点、須賀家の人々が知っているのは、基本的に浅見がこれまで仕込んだ知識と大差はなかった。警察はあくまでも、強盗目的の犯行という位置づけであることを、遺族に告げている。

「災難に遭ったとしか、言いようがありません」

春男はなかば諦め顔だ。確かに警察の言うとおりの強盗殺人事件だとすれば、交通事故のような奇禍《きか》と見るほかはないのかもしれない。

「本当にそうだったのでしょうか?」

浅見は遠慮がちに首を傾げた。すでに遺族が奇禍として諦め、気持ちも収まっているのだとしたら、余計な詮索《せんさく》を持ち込むことは無用なお節介である。

案の定、春男は「とおっしゃると、どういう?」と眉《まゆ》をひそめた。

「須賀さんほど、思慮も分別もある方が、おめおめと強盗ごときに襲われて、お命を落とすとは考えにくいのですが」

春男と幹子は「はあ……」と、当惑気味に顔を見合わせたが、絢香は「そうでしょう」と意気込んで言った。

「私もお祖父さんがそんな無警戒な行動をするはずがないって思ったんですよね」

「そんなことを言って。強盗じゃないのなら、何だと言うんだ?」

　春男は絢香に言いながら、浅見にその質問をぶつけている。

「失礼ですが」

　と浅見は言った。

「須賀さんには、人に恨まれたり憎まれたりするような原因といいますか、揉《も》め事とかはなかったのでしょうか」

「それはありませんね。そのことは警察にも訊かれて、同じように答えました。浅見さんには一度しかお会いしてませんので、ご存じないかもしれませんが、父は曲がったことの大嫌いな人間で、他人様に迷惑をかけたり争ったりは一切、しませんでした」

「確かに、お話を伺っただけでよく分かりました。しかし、たとえご本人が真っ正直であったり、善人であっても、悪い人間の目の仇にされることはよくあります。このあいだお目にかかった時、須賀さんはゴルフ場建設計画のことをひどく怒っていらっしゃいましたが、たとえばそういう計画を進めようとしている側にとっては、煙たい存在だったのではないでしょうか」

「ああ、確かに父はその件では文句を言っておりましたね。しかし、それはあくまでも家の中で言っているだけで、外に出て何かイチャモンをつけるというようなことはしませんでした。ゴルフ場問題では住民運動も起きているのですが、そのようなはではでしいことには、まったく参加する気もなかったようです。そうだったよな？」

夫人に同意を求め、幹子も「ええ」と頷いた。その点では絢香も異論はないらしい。不満そうな顔ながら、黙っている。

「須賀さんはお若い頃は何をしておられたのでしょうか？」

浅見は訊いた。

「父の若い頃のことはよく知りませんが、体を壊していた時期があったみたいです。祖父が元気な頃は脛《すね》かじりだったんじゃないですかね。私が物心ついた頃は信用組合に入り、後に理事をやることになるのですが、たぶん祖父の跡を継いだのだと思います。幸い、うちにはいくつか家作もあったりするので、食うには困らなかったのでしょう」

「信用組合の仕事をなさっているあいだに、何か、仕事上で誰かと軋轢《あつれき》があったというようなこともありませんでしたか」

「聞いたことがないですね。その頃すでに、私は横浜の貿易会社に勤めていましたが、父は地元の人たちに信望があったようです。それはいまでも変わらず、先日の告別式には大勢の方々が参列してくださいました」

「信用組合というと、一種の金融業だと思いますが、お金の貸し借りの関係で、揉め事などはなかったのでしょうか」

「いや、それもなかったと思います。バブルが弾《はじ》けた当時は、ほかの金融機関ではずいぶん混乱があったようですが、父は無理な貸し付けだとか、貸し剝《は》がしのような阿漕《あこぎ》なことはしなかったようです」

どこまで聞いても、須賀智文の円満な人となりには、針でついたような欠点もなさそうだ。

浅見は次第に自信を喪失しそうになるのを感じた。この事件は単なる強盗殺人事件などではあり得ない——というのは、浅見の一種の勘である。しかし、これほどまで完璧《かんぺき》な人物像をつきつけられると、警察の下した結論というか捜査の方向性に誤りはないのではないか——と思えてくるのである。

「須賀さんの遺品の中に、何か手掛かりになるような物はありませんでしたか？」

「手掛かりというと、やはり事件を裏付けるような——という意味ですか？　いや、いまのところはありませんな。といっても、警察が来て、最近の文書などを調べたに過ぎませんがね。もともと、父は古い書類などは残しておかない習慣だったようで、遺品といっても大した物はないのです。手紙類もあまりありません。年賀状などの時候の挨拶も、信用組合時代にお世話になった方とか、ごく限られたお相手とだけです」

「えっ、そんなに少ないのですか？」

これは浅見には意外だった。年賀状のやり取りなどは、浅見のような付き合いの狭い者でも、子供時代や学生時代から続けている。まして三浦という土地の旧家で生まれ育った人物が、世の中のしきたりと無縁で暮らしていたとは考えられない。

「須賀さんは大学はどちらだったのでしょうか?」

「父の大学ですか? M大ですよ。しかし中退したんじゃないですかね。体を壊したためかと思っていたのですが、私が訊いても、大学のことは話したがらなかったから、何かよからぬ事情——たとえば退学処分を食らったとか、そういうことがあったのかもしれませんね。大学時代の友人がいないのも、そのせいだと思います」

「ところで、今回、石川県にご旅行をなさったのは、何か目的があったのですか?」

「いや、ありふれた観光じゃないでしょうかね。一つだけ、当家には泉鏡花にまつわる言い伝えのようなものがあるので、金沢にある泉鏡花の生家を訪ねて、それから泉鏡花ゆかりの温泉、辰口温泉でしたか、そこに泊まりたいとかいう話は聞いておりました」

「ああ、泉鏡花のことは先日、お話をお聞きしました。というと、そんな風にときどきご旅行にお出かけになっていたのですか」

「いや、あまり出歩かないほうだったと思います。行くとしても暖かい地方でした。伊勢志摩とか、別府《べっぷ》温泉とか。そういえば、日本海側に行ったという話は聞いたことがありませんね」

「でも、北海道には行きましたよ」

幹子が言った。

「ああ、あれは信用組合の旅行だろう。組合の旅行も、あまり行きたがらなかったのじゃないかな。何度か仮病を使っていたよ」

「そうそう、そうでしたね」

「そうしてみると、やっぱり偏屈な年寄りだったのかなあ……」

「もっと若い頃から、そういうところ、あったみたい」

「そうか、おふくろも苦労したのかな」

「それはないと思うわ。それ以外のことではふつうより優しかったですもの。というより、人に逆らうことが面倒くさかったんじゃないかしら。お義母さんや私の言うことも、たいていのことは『はいはい』って、聞いてくれましたし」

「そうだな。私にもあまりきついことは言ったためしがないな。いま思うと、子供の頃から妙に聞き分けのいい親父だった。絢香なんかは、とくに可愛《かわい》がってくれたもんな」

「うん、ものすごく優しかったわね。あんないいお祖父さんは、世の中にはめったにいないと思う」

三人の「遺族」は故人を偲び、客をそっちのけでしんみりしてしまった。浅見は猛烈な疎外感に襲われて、居場所がなくなった。

「あの、お取り込みのところにお邪魔して、申し訳ありませんでした」

挨拶すると、三人とも愕然《がくぜん》として顔を上げた。

「申し訳ない、お構いもしないで。どうぞご遠慮なくゆっくりして行ってください」

春男は慌てて言った。

「もしよろしければ、お昼、ご一緒にいかがですか。店屋物《てんやもの》ですが、ここは地物の寿司《すし》を食わせる店がありますから」

「はあ、ありがとうございます。しかし仕事の途中ですので、これで失礼します。ただ、僕としてはどうしても須賀さんの事件が、単なる強盗とは思えないので、少し調べたいと思っています。余計なことのようですが、その点はお許しいただきたいのです」

「調べるって、父の事件のことをですか？　それは、何のために？」

「事件の真相はどうだったのかという、そのことをはっきりさせたいのです」

「それは警察が捜査をしていることではありませんか？」

「そのとおりです。しかし、現段階ですでに警察は強盗殺人事件と予見しているようなので、はたして真相に近づけるかどうか、疑問を抱いております」

「というと、浅見さんは真相に近づけると思っていらっしゃる？」

「はあ、まあ、そう思っています」

春男・幹子夫婦は顔を見合わせた。この客に対して、不信か不安を感じた様子だ。

「あのですね、私のところでは、そういうことはお願いするつもりはありませんが」

春男は言いにくそうに言った。

「は？　あ、いや……」

浅見は苦笑した。明らかに春男は勘違いしている。妙な勘繰りははっきり否定しておかなければならない。

「僕はあくまでも勝手に自分なりの調査をしたいだけです。ご迷惑になるようなことをするつもりはありません。ただ、調査の過程で何か教えていただかなければならないようなことが生じるかもしれませんので、その時はどうぞ、ご協力くださ い」

「協力といいますと？」

「たとえば、さっきあまりないとおっしゃった、古い書類とか手紙とか、日記などが出てきましたら、教えていただきたいですし、警察風に言えば、捜査線上に浮かびあがった人のことを、問い合わせるようなことがあるかもしれません」

「つまり、容疑者ですか？」

「いえいえ、そこまではいきませんが、参考になる人という意味です」

「それはまあ、警察にもそう言われてはおりますが……しかし、失礼ですが、素人《しろうと》の浅見さんに対して、そういったことを……」

「そのご懸念はよく分かります。たぶん、実際には僕から直接でなく、警察を通じてご連絡することになると思いますが、ひょっとして警察が相手にしてくれないようなこともままあるのです。その場合にはご面倒ですが、よろしくお付き合いください」

「はあ……」

さすがに事件捜査がらみのこととなると、風来坊のような客に、どこまで心を許していいものか、躊躇《ためら》いが生じるのだろう。春男も幹子もいよいよ当惑気味だ。

「いいじゃないの、お父さん」

絢香が両親の煮え切らない態度に、憤然とした様子で言った。

「浅見さんがせっかくそうおっしゃってくださる

のに、私たちが渋っているのはおかしいわ。むしろお願いしたいくらいじゃないの。それに、探偵の費用を請求されるっていうわけじゃないのでしょう？」

若いだけに、遠慮のないことをズバッと言う。

「もちろんですよ」

浅見は笑った。

「僕がそうするのは、あくまでも自分の勝手です。それと、訊かれる前にお答えしておきますが、事件を調べたからといって、それを雑誌の記事に売り込むような真似《まね》はするつもりもありません。そのことをご心配でしたら、どうぞご放念くださ い」

「しかし、本当にそれでいいのでしょうか。何だかそれではあまりにも……」

春男は疑惑と恐縮をない交ぜた顔で、おずおずと言った。

「話がうますぎるとお考えですか？　それでよろしいのです。世の中には物好きなやつもいるものだ——と笑ってください」

「ほうら、浅見さんのおっしゃるとおりよ。ねえお父さん、お願いしましょうよ」

絢香に励まされて、春男も踏ん切りがついたようだ。

「そうだな、お願いしよう。そうなると浅見さん、あなたはそう言うが、いろいろと経費もかかるのではありませんか。せめて実費だけでも出させていただかないと、それはそれで困りますよ」

「いえ、その点はご懸念なく。僕の本業は旅のルポライターですから、金沢方面の観光と歴史の記事を書けば費用分ぐらい捻《ひね》り出せるのです。そのついで——と言っては申し訳ありませんが、特別に費用をかけるということはないと思ってください」

浅見は深々と頭を下げ、それを結論にして席を立った。

2

小松署を出ると、浅見は安宅の関の死体遺棄現場へ行ってみた。ちょうど日本海に陽《ひ》が傾いて、間もなく夕日のショーを見ることができそうな時刻だった。

レストハウスはすでにクローズしていたが、駐車場や海岸には夕日を見ようと散策する人がいて、この場所で血なまぐさい事件が発生したことなどは想像もつかない。

国道からはかなり引っ込んだ場所だが、カーナビがあれば、たとえ土地勘がなくても、簡単に辿り着くことができただろう。とはいえ、死体遺棄にふさわしい場所ならいくらでもありそうな中で、なぜこの場所を選んだのか——ひとわたり周囲の状況を見て回ったが、犯人の心理までは推し量れなかった。

諦めてソアラに戻り金沢へ向かった。ホテル日航金沢にチェックインしたのは、既にたそがれ時だった。早朝に東京を出て、走りづめに走ってきただけに、さすがに疲れた。

シングルの部屋を頼んだのだが、本日はシングルは満室ですと断られた。

「このあいだ、須賀さんが泊まった部屋も、お客さん、入ってますか?」

浅見が訊くと、フロントは妙な顔をして、「そのお部屋でしたら、空いていますが、それでよろしいのでしょうか?」と言った。黙っていて、後で分かるといけないと思い、当分のあいだは詰まっていることにしていたのだそうだ。ずいぶん良心的なものだ。

「泊まれさえすれば、どこでもいいですよ。ぜんぜん気にしません」

「さようでございますか。それでしたらサービスさせていただきます」

フロント係は喜んでそう言った。縁起の悪い経歴の生じた部屋でも、こうやって泊まり客が一人でもいてくれれば、まずは厄《やく》払いができたということのようだ。

部屋で一休みしてから、浅見は金沢の夜の街に散策に出かけた。金沢は三度目だが、こんなふうに出歩くのは初めてだ。フロントに盛り場へ行く道を訊くと、「歩いていらっしゃるのですか?」と確かめてから、香林坊《こうりんぼう》や片町へ行くなら、昭和大通りと中央通りを行くのが一番の近道——と教えてくれた。

「歩くと遠いですか?」

「たぶん二キロ。三十分ほどはかかると思いますが」

タクシーをご利用なさったほうが——と言外に伝えたがっているようだ。

浅見は礼を言ってホテルを出た。二キロ、三十分は少し遠いが、のんびり歩くにはちょうどいい。

片町の交差点辺りは東京の六本木を少し簡素にしたような雰囲気があって、けっこうな賑わいである。

ビルの一階にある「赤玉本店」というおでん屋に入った。「旅と歴史」の藤田編集長が金沢に行ったなら、ぜひ寄ってみろ——と太鼓判を押した店である。東京の上品なおでんと比べるとかなりダイナミックで、具の種類も違う。つぶ貝や、車《くるま》麩《ふ》、カニ面など、珍しい地元の食材を使っている。

客はサラリーマンが多いが、若い女性のグループ客が生ビールのジョッキで気炎を上げていたりする。何となく金沢の町の特性に触れたような気分であった。

独り客の浅見は盛り上がりようもなく、ひたすら食うことに専念して、満腹になったところで店を出た。

まだ九時前だが、さすがに東京とは違い、街の様子はすっかり落ち着いた。道を行く人々も、はや家路につくのか、たがいに別れの挨拶を交わしている。

盛り場を出外れると、急に侘《わび》しくなる。浅見は自分の足音を確かめるように、更《ふ》けゆく街をゆっくりと歩いた。事件前夜の須賀智文も、こんなふうに独りでホテルへ帰ったのだろうか——と思う。

警察は、事件当日、ホテルを出て以降の須賀の足取りをまったく摑めないでいる。捜査は金沢から小松にかけての一帯で、情報の収集を行うことに専念しているそうだ。

犯人としては、須賀を襲ってから、安宅の関での殺害にいたるまで、長い距離を移動するのは危険が伴うと考えただろう——という推理から、そう限定したものである。

しかし、それによる成果がいまだに挙がっていないというのは、どこかで齟齬《そご》をきたしているとも考えられる。須賀がホテル日航を出てどこへ行ったか。その出発点から、あらためて考え直してみる必要がある。須賀は最初から小松や安宅の関を目ざしたものではなかったのかもしれないのだ。

いずれにしても、須賀はホテルを出て、徒歩で金沢駅の方角へ向かった——というドアマンの証言がある。行動の基点を金沢駅と仮定するのは、一応、間違っていないと思ってよさそうだ。といっても列車を利用したとは限らない。金沢駅前にはバスターミナルがあって、市内循環のほか、各方面へのバスが発着している。


翌朝、浅見は彼にしては早めに食事を済ませ、ホテルをチェックアウトした。車はしばらく置きっぱなしにしていてもいいということなので、歩いて金沢駅に向かう。午前九時、駅にはまだ通勤通学の人が行き交っていた。

金沢駅は比較的新しい駅ビルで、構内は広く天井も高い。JR北陸本線の基幹駅の一つとして、堂々たる風格を備えている。そのドームのような空間に佇んで、浅見はあれこれと思案に耽《ふけ》った。

列車に乗ったにせよ、バスを利用したにせよ、須賀はここに来て、それからどこかへ向かったことだけは確かなのだ。いったいどの方面へ向かったのだろう——と、求めようのない答えを求める。

行く先を推測する手掛かりとしてあるのは、須賀家の人々が聞いた、泉鏡花の旧跡を訪ねる旅

——という言葉だけだ。そこから引き出されるのは、やはり辰口温泉であり、小松方面が想定される。その想定に従って、警察はこれまで入念な聞き込み作業を続けているはずである。

列車を利用したとすると、JR北陸本線の駅は、まだ改札口の自動化が進んでいない。改札口で駅員と接触するわけだが、実際には駅員が乗客の顔を見ることはほとんどないらしい。バスはすべてがワンマンで運行されているので、運転手の記憶が頼りといっても、おそらく乗車賃を支払う手元ばかりに視線が集中して、顔を見ることは少ないのだろう。

その望み薄の聞き込みを、大勢の捜査員が繰り返し繰り返し続ける。それでも成果が挙がらないものを、いまさら浅見が単独で動き回ってみたところで、収穫があるような気にはならない。

浅見は構内の真ん中で腕組みをして、十分ほども動かなかった。

なかば諦めかけて、最後に視線をグルッと一回転させた時、視野の中を小さな表示板が通過した。列車の行先表示だが、JRのものではないらしい。「三ツ屋《みつや》・内灘《うちなだ》方面」と書いてある。

案内表示に従って、広い構内の一隅に向かって行くと、ローカル線特有のこぢんまりした出改札口が見えてきた。「北陸鉄道浅野川《あさのがわ》線」という路線である。駅ビルの一角を間借りしているような雰囲気だ。どうやらJRとは別の私鉄らしい。鉄道を利用することがあまりない浅見は、こういう路線があることを知らなかった。

出札窓口の上に路線表が掲げてある。それを見ると金沢駅から終点の内灘まで、全部で十二駅しかない短い路線のようだ。

折しも上り線が到着したところで、通勤客が四、五十人、ホームから改札口へやって来る。改札口には駅員が一人出て、集札業務を行っていた。

乗客がすべてはけて、事務室内に引き揚げようとする駅員に、浅見は声をかけた。

「ちょっと伺いますが」

「はい、何でしょう？」

駅員は愛想のいい笑顔で振り向いた。

「このあいだ安宅の関で起きた事件のことなのですが、その捜査で、警察は聞き込みに来ていますか？」

「ああ、来ましたよ」

とたんに駅員は硬い無表情になった。刑事の訪問があまりいい印象を与えなかったのかもしれない。

「ここの皆に写真を見せて、この顔に見覚えはないかと訊かれました」

「それで、どなたか見覚えがあったのでしょうか？」

「いや、自分もほかの誰も、見かけた者はいませんでした。もっとも、自分らはそんなにジロジロとお客さんの顔を見るわけではないですしね」

「この人なんですが」

浅見はポケットから須賀の写真を出して、駅員に手渡した。

「ああ、この人ですね。刑事さんの写真よりだいぶはっきりしてますが、同じ顔です……えーと、あなたはどちらさんで？」

きれいな写真を持っていることで、駅員は少し応対を変えたようだ。

「僕は亡くなった方の知り合いなのですが、事件当日の被害者の足取りを知りたいと思って、やって来ました」

「それはご苦労さまです。しかし、亡くなったのは安宅の関ですので、たぶんJRで小松のほうへ向かったんでないかと思いますよ。うちの電車には乗っとらんと思いますけど。警察の人もそうやって言ってました」

「そうですか……」

予想どおりの答えだったが、浅見は気を取り直して訊いた。

「この電車は内灘というところまでしか行かないのですね？」

「ええ、そうです。その先は海ですから」

「ずいぶん短い路線のようですが、内灘には何があるのでしょう？」

「内灘町の中心は住宅団地ですね。最近ひらけた、金沢のベッドタウンです。ほかには大きな病院があります」

「観光地ではないのですか」

「そうですねえ。まあ、海水浴場があるんで夏場は海水浴目的で行く人もおりますけど、それ以外では観光地とは言えんと思いますよ。昔は鳥取砂丘とならぶくらい、砂丘で有名やったみたいですけどね」

「昔というと、いつ頃のことですか？」

「さあ、三十年前か四十年前か、そのくらいじゃないですかね。自分はその頃はまだ子供やったし、最近のことしか知りませんけど。いまはもう、すっかり住宅地になってますすよ」

駅員は四十歳前後だろうか。彼が子供の頃は、浅見はまだ生まれてもいない。

「終点の内灘まで、どれくらいですか？」

何となく訊いてみた。

「距離は約七キロ。十七分で行けます。乗られるんやったら、この列車が折り返しで、間もなく発車します」

初めはそのつもりがなかったが、浅見はつられるように切符を買う羽目になった。

電車は二両連結だが、乗客は気の毒なほど少ない。

走り始めて分かったのだが、この電車はワンマンバスと同様、乗務員は運転士が一人だけ。二両連結の後部車両の客は、次の駅からは、降りる時に前の車両の最前部のドアを利用し、その際に運転手の目の前で、乗車券を集札箱に入れる仕組みであった。

電車はじつにのんびり走る。窓の外を流れる風景は、家並みがすぐ近くを通過し、どことなく、浅見の家のある東京北区を走る都電の沿線風景と似ている。都電は早稲田から三ノ輪までをガタガタ揺れながら走るのだが、その感じもそっくりだ。

駅と駅の間隔も短い。走り出し、加速したかと思うと、もう次の駅に向かってスピードを落とし始める。

下り電車のせいか、乗ってくるのはお年寄りが多い。顔なじみ同士の出会いも多く、ベンチタイプの座席に向かい合いに坐って、通路越しに会話も弾む。おたがい、耳が遠いのか声が異常なほど大きい。車内はガラガラだから、迷惑がるお客もいない。むしろ近くにいる浅見の耳を、土地訛《なま》りの会話が楽しませてくれる。

話の内容はおもに病気の話題だ。これから病院へ行くらしく、前回の診療結果などをひけらかすように喋《しゃべ》る。

「医者は、酒は控えろって言うんやけど、酒をやめるんやったら死んだほうがましやって言うてやった」

もう八十の坂を越えたかと思えるような老人が、赤ら顔を力ませて怒鳴っている。

「そんなこと言うもんやないわいね」

窘《たしな》めているのは同じような年配に見える老婆《ろうば》である。

駅に止まるたびに、多少の乗客は入れ代わるが、二人のお年寄りは、周囲の動きに影響されることなく、まるで名コンビのようなやり取りを続けた。

そのうちに、男の老人が「こないだ、安宅の関で……」と言いだしたので、浅見は耳を欹《そばだ》てた。

「安宅の関で殺されたじいさんやけど、おれは見たがや」

（えっ——）

浅見は思わず驚きの声を上げかけたが、老婆のほうは「ほう、そうかいね」と平然と聞き流している。

「新聞で見たら、おれと同じ歳やっちゅうがや。ひっどいことするやつもおるもんや。そんなじいさんを殺さんでもいいがいやか。おとろしいぞいね」

してみると、この老人は七十七歳ということだ。須賀智文よりもずいぶん老けて見えるのは、酒焼けのせいかもしれない。

「あの、ちょっと伺いますが」

浅見はたまらず、声をかけた。

「なにけ？」

老人と老婆は、ゆっくりと顔をこっちに向けた。警戒する気配はなく、むしろ新しい話し相手が現れたことを歓迎していそうだ。

「いまのお話に出てきた『じいさん』を、ご覧になったのは、どこで、いつのことなのでしょうか？」

「いつって、そりゃ、じいさんが殺された日のことやったがや」

「えっ、じゃあ、事件に遭う直前に会ったのですか？」

「直前かどうか知らんけど、この電車の中で、ちょうどあんたがいまおるような席に坐って、向かい合っとったがや」

「この電車というと、同じ時刻ですか？」

「なーん、その日は病院の予約がもうちょっこし遅かったし。十時半か、それぐらいじゃなかったかね」

「その話、警察には言いましたか？」

「警察？　なんで警察に言わんなんがや。わしには関係ないことやし」

「しかし、警察は目撃者を探してますよ。事件当日の被害者の足取りがまったく分からないので、困っているはずです。いまのお話を、ぜひ警察に教えてやってくれませんか」

「そんなん、いややわいや。わしは警察大嫌いやし」

「まあそうおっしゃらずに、その亡くなった被害者のためと思って」

「ほうやわいね、教えてやったほうがいいぞいね」

老婆のほうも浅見の応援をする。

「だめやだめや、警察はだっちゃかん。警察みたいなもんに、何で教えてやらんなんがけ」

老人は何か特別な理由があるのか、よほど警察を嫌っているらしい。

「それでしたら、僕に詳しいことを教えていただけませんか」

浅見は思いついて、そう言った。

「あんたにけ？」

老人は意外そうな顔になった。

「あんたは、警察の何なん？」

「いえ、べつに警察とは関係ありません。殺された方と知り合いで、ぜひとも被害者の恨みを晴らしたいのです」

「ふーん……ほんなら言うけど。知っとることはさっきも言うたけど、同じ電車に乗り合わせただけや」

「その人、名前は須賀さんというのですが、どこの駅で降りたのですか？」

「そりゃ、終点の内灘駅まで行ったがや」

「えっ、そうすると、あなたも内灘までご一緒だったのですか？」

「ほうや。わしはそこからバスで医大病院へ行ったんやけど、そのじいさん、どこ行ったか知らんわ」

　アナウンスが「次は終点内灘です」と告げた。浅見は老人とともにホームを歩き、改札口を出るところで、もう一度確かめた。

「改札口は須賀さんとあなたと、どちらが先に出たのですか?」

「その人のほうが先やったわ。わしとちごて元気そうやったし」

「それじゃ、改札口を出た後、どっちのほうへ向かったか、見ておられるのではありませんか?」

「そやね、駅を出て行くところまでは、後ろ姿を見とったんや。ほやけど、その先は知らんわ」

「駅を出て、右へ行ったか左へ行ったかだけでも分かりませんか」

「えーと、左へ行ったと思うわ」

　老人は両手の指を立てて、その時の光景を思い出しながら、左に指を振った。

「どうもありがとうございます」

　浅見は深々とお辞儀をして、老人がバス停のほうへ向かうのを見送った。

　駅舎を出ると、小さな広場になっていて、バス停があり、タクシー乗り場もある。その向こうに、電車の路線がここまでで途絶えたのを補うかのように、やや広い道が北西に延びている。須賀智文はその方角へ向かったようだ。

　浅見もその道を歩いて行った。道は間もなく十字路にぶつかる。左右に走る道路のほうが道幅は広く、よく整備もされているから、それが幹線道路なのだろう。

　駅前を発車したバスが、十字路を右折して行った。さっきの二人の老人の顔が見えた。どうやらその方角に病院はあるらしい。

この交差点を、須賀がどちらへ行ったのかは、皆目、見当もつかない。第一、須賀が何の目的でここに来たのかも分からない。

考えあぐねて、通りがかった五十代の主婦らしい女性に声をかけてみた。

「この道を真っ直ぐ行くとどこへ行くのですか?」

「鉄板道路の先やったら、スーパーマーケットがあって、その向こうは海水浴場へ行きますけど」

女性にとっては何でもないことのようだが、浅見には新鮮にひびく言葉だった。

「鉄板道路、ですか?」

「ああ、ご存じないですか。昔、アメリカ軍が砂丘に鉄板を敷いて道路を作ったので、鉄板道路というのですが」

「アメリカ軍……いつ頃の話ですか?」

「ほうやねえ、戦後間もない頃じゃないがかね。私らが生まれた頃のことやと思いますけど」

「というと、四十年ぐらい前ですか」

「あはは、お世辞がうまいね」

女性は大いに笑って、行ってしまった。

3

「鉄板道路」は駅からは少し上り坂になっていて、三百メートルほど先から下ってゆく。その辺りまで行くと視界がひらけて、前方に日本海が見えてくる。

浅見はテクテクと坂を下った。真っ昼間だが、ほかに人通りはない。車もごくたまにしか通らないようだ。道は広く、左右にはわりと新しい民家が建ち並ぶ。以前はたぶん砂防林だったのではないかと思える、丈の低い樹木が人家と人家のあいだに、心細げに立っている。右手少し引っ込んだところに赤い三角屋根の教会が見えた。函館《はこだて》や小《お》樽《たる》の坂道を少し殺風景にした印象だ。

昔はこの辺り一帯は砂丘だったそうだが、その面影はほとんどない。ただ、坂を下りたところから先は平坦《へいたん》な土地が広がり、その辺りは元は砂地だったと思われる。

その広大な敷地を利用してショッピングモールらしき大きな建物がある。平べったく、四角いマッチ箱をいくつも繋げたような、変哲もない建物である。「アメリカ軍」から来る連想のせいか、まるでアメリカ西部の砂漠地帯にでもありそうな雰囲気だ。

近づくと「コンフォモール内灘」という看板や「24時間営業」の看板が見えてきた。スーパーマーケットかショッピングモールといったところか。建物の前に十数台の車が停《と》まっているのは、買い物客なのだろう。

その向かいには、「天然温泉 湯来楽《ゆらら》」という、たぶん温泉入浴施設と思われる建物の看板が見えた。

それ以外は見渡すかぎり荒涼とした海岸の風景である。北風は吹いているが微風で、海に白波が立つほどではない。

建物の脇を抜けたところで、浅見は立ち止まり日本海の風景を眺めた。建物の背後は、海とのあいだにさらに広大な砂浜が広がる。砂地は固いのか、レジャー用のオフロード車が行き来している。

　須賀智文はこの道を来たのだろうか——と不安になる。ここまで来たとしても、ショッピングモールと温泉施設以外には、取り立てて何かがあるという場所でもない。海水浴のシーズンでもなく、海からの風はまだ冷たいくらいだ。

　浅見は踵《きびす》を返して坂道を上った。坂の途中で未練たらしく振り返ったが、やはり何も思いつくことはない。重い足を引きずるようにして住宅街に戻った。

　その時、目の前の家から、主婦らしい女性が出て来た。買い物にでも出かけるところなのだろうか、ドアをロックしている。道路に佇む見知らぬ男が気にならないはずはないのだが、かえって視線を向けないようにしているのが、手に取るように分かる。

　浅見は近づいて会釈すると、「ちょっとお尋ねしますが」と言った。とたんに女性はビクッと、体を硬くした。

「三週間ばかり前のことですが、この辺りをこのお年寄りが歩いているのを、ご覧になりませんでしたか？」

　写真を差し出した。

　女性はいっそう体を強張らせ、身を反《そ》らせるようにして、それでも写真を一瞥《いちべつ》したが、すぐにはげしく首を振った。

「いいえ、見てませんけど。すみません、急ぐんで」

あたふたと、浅見を避けるように大回りして、駅の方角へ向かい、少し先の酒店に飛び込んだ。明らかに「不審者」と見て、警戒した様子だった。

浅見は苦笑したが、これでめげているわけにはいかない。隣の家の玄関を目指し、ドアホンのボタンを押した。カメラ付きで、家の中からモニターを見られる仕組みの機械だ。「どちらさんですか？」という声に、浅見はカメラに向かってお辞儀を返した。

「東京から来た者ですが、ちょっとお尋ねしたいことがありまして」

「はあ、どういったことですかね？」

「この写真のお年寄りなのですが、見覚えはありませんか？」

須賀の写真をカメラに向けた。

「さあ、見たことないと思いますけど」

「写真はちゃんとご覧になれているのでしょうか？」

「ええ、見えとりますよ。ほやけど知りません」

「五月十三日のことなのですが」

「知らんわいね」

押し売りを拒絶するような強い口調で言って、交信は切られた。

浅見はこういう聞き込みはあまり、というより、まったく得意ではない。刑事なら当然の作業だし、それができなければ話にならないが、素人がそれをやろうとしても、世の中には通用しない。公権力の強さをあらためて思い知ることになった。

気を取り直して、次の家を目指した。この家にもカメラ付きのドアホンがある。ということは、この界隈《かいわい》は防犯意識が高いのだろう。ひょっとすると、過去に空き巣や押し込みなどの犯罪があったのかもしれない。

おそるおそるボタンを押した。応答はないが、カメラが作動して、中からこっちの様子を窺っている気配があった。浅見はレンズを見つめながら頭を下げ、「ちょっと伺いたいことがあるのですが」と言った。

相手は無言だ。家全体がひっそりと静まり返っている。しかし視線は感じる。この家ばかりでなく、街のあちこちから矢のように注がれる視線を感じる。

浅見は黙ってお辞儀をすると、後ずさりして家を離れた。いよいよ無力感に苛《さいな》まれる。不毛な作業をしている気分だ。そもそも、須賀智文がこの道を歩いたという保証はないのである。

とはいえ、内灘駅を出た後、こっちの方角へ行った——と指さした、あの老人の言葉を信用しない理由もない。その方角には「鉄板道路」があり、海岸があった。

(須賀智文はここに来たのだ——)

浅見は迷いを捨てることに決めた。その前提に立つのでなければ、すべてのことが始まらないと思うしかなかった。

勇を奮《ふる》って次の家に向かって歩きだした時、行く手の交差点を曲がってミニパトがやって来るのが見えた。サイレンは鳴らしていないが、屋根の赤色灯が回っている。浅見が不吉な予感を覚えたのを裏付けるように、ミニパトは目の前に停まった。中から中年の、よく肥えた制服警官が降りてきた。襟章《えりしょう》を見ると、階級は巡査長である。

警官は真っ直ぐ浅見に向かってきて、「ちょっとあんた」と言った。

「すみませんが、ちょっといいですか？」

一応、丁寧な口をきいているが、明らかに不審訊問《じんもん》である。

「ええ、どうぞ」

「ここではなんやし、ちょっと交番まで同行してもらいたいんやけど」

警察が頻発する「ちょっと」は便利な言葉だ。強要するようで、そうでもなく、時間的な長さや、拘束するのかしないのかも至極、あいまいなのである。

「いいですよ」

いずれにしても、抵抗すれば、公務執行妨害なんてことになりかねない。それより、むしろ警官から話を聞くチャンスをものにしたほうが賢明だ。

ミニパトに乗せられて、例の車中で会った老人がバスで行った方向に走り、ものの一分ばかりで交番に着いた。交番にはもう一人、若い巡査がいて、巡査長に「どうも」と軽く挙手の礼を送った。

「えーと、自分は津幡《つばた》警察署の松原《まつばら》といいます」

巡査長はそう名乗って、「客」に椅子を勧め、向かい合いに坐って訊いた。

「お宅さんのお名前と住所を聞かせてもらえますか」

「浅見です。住所は……」

面倒なので名刺を差し出した。松原は肩書のない名刺を胡散臭そうに眺めて、「運転免許証はお持ちですか？」と言った。浅見が免許証を渡すと、名刺の住所と照合して、「はい結構です」と返して寄越《よこ》した。それなりに紳士的ではある。

「お仕事は何をしておられます?」

「フリーで、雑誌のルポライターをやっています」

「というと、トップ屋さんですか?」

「トップ屋というほどではないですが、まあ似たようなものです」

「あの場所で何しとったんですか?」

「じつは、ある知り合いの人物の足取りを調べていました」

「それはどういう人物です?　何やら、写真みたいなもんを見せられたっていう通報があったんですがね」

やはりそうだった。最初に須賀の写真を見せた女性が怪しんで、交番に通報したのだろう。

「この人です」

浅見はポケットから写真を取り出した。

「ん?　どっかで見たような顔やな……あ、これはあんた、こないだ安宅の関で起きた事件の被害者じゃないですか」

さすがに松原はすぐに気づいた。

「そうです、須賀智文さんです。僕は須賀さんの知り合いで、ご遺族に頼まれ、事件のことを調べているのです」

「ほうっ、ということは、お宅さんは私立探偵ですか?」

「いや、そうではありません。雑誌の記事の関係で、こちらに取材に来る仕事があったので、ついでということで何ですが、少し調べてみようと思いまして」

「ふーん……しかし、あの事件は小松署の管内で発生したもんやし、こっちのほうとは関係ないはずやけど」

「いや、それがですね、僕がたまたま乗った電車の中で、意外な話を聞いたのですよ」

浅見はついさっき、浅野川線の車中で起きた出来事のことを話した。

「ほんとかいね？」

松原は驚いたが、すぐに疑わしそうな目をした。

「本当ですよ。嘘《うそ》だとお思いでしたら、そのご老人に確かめたらいかがですか。ご老人は医大病院へ行くと言ってましたから、まだ病院内にいるかもしれません」

「医大病院ならすぐそこやし……ほんなら、行ってみっか。あんたも一緒に来てま」

初めは丁寧だった口調が、だんだん乱暴になってきた。彼にしてみれば、本来の調子が出てきたといったところか。

交番を出たミニパトがバス通りをほんのちょっと走ると、鄙《ひな》にはまれな――という表現がぴったりの建物がいくつも並んでいる。その一つが内灘町役場で、どう見ても市役所ほどの規模がある。その先にさらにひときわ巨大な白亜の建物が見えてきた。広大な敷地の中に堂々とそびえ立っている。それが「金沢医大病院」だった。

ミニパトを玄関前の駐車スペースに停め、玄関を抜けると、外来患者用の広い待合室がある。カウンターを向いてベンチが並び、かなりの人数の患者が呼び出しを待っている。そこにあの老人がいた。あれから一時間以上経っているから、とっくに診察は済んでいるはずだが、ひまつぶしなのか、顔見知りらしい老人同士、額を寄せ合うようにして、何やらボソボソと喋っている。

浅見が近づいて、「先ほどはどうも」と挨拶すると、しばらくポカンとしていたが、思い出して「ああ、あんた、電車の」と大きな声を出した。

「あの時にお聞きした話を、警察の方にもしていただきたいのですが」

浅見が背後の松原巡査長を振り返ると、老人は露骨に不快な顔を見せた。よほど警察が嫌いらしい。

「わしは何も知らんがや」

「まあ、そうおっしゃらずに、この写真のご老人を見たことだけを話してください」

あらためて写真を示すと、老人は「ああ、見た見た。ほんとに見てんけど、ほんだけや」と怒鳴った。

病院の女性職員が飛んできて「すみませんけど、静かにしていただけませんか」と叱った。周囲の人々の目が、憎々しげにこの一団に注がれている。浅見は首をすくめ、松原も狼狽《ろうばい》して「申し訳ない、すぐに済みますので」と謝った。職員は渋い顔をして去った。

「ちょっと、そん時の話を聞かせてもらいたいんですけど、ちょっと玄関先まで出てもらえませんか」

松原は腰を低くして頼み込んだ。老人は仕方なさそうにゆっくりと立ち上がった。それまでは元気そうだったのに、にわかに辛《つら》そうな表情を作り、ヨタヨタと歩いた。

玄関先の風除室のようなホールに出て、そこで事情聴取をした。老人の名が「細呂木谷正義《ほそろぎやまさよし》」であることを初めて知った。珍しいが、北陸地方に特有の苗字《みょうじ》らしい。「わが家は富山藩で祐筆《ゆうひつ》を務めとった」と、訊きもしないことを解説した。

しかし、老人から聞けた話は、浅見が話したこととの内容を出るものではなかった。むしろ浅見の言ったこととの正しさを証明するだけに役立ったといえる。松原は一応、住所・氏名を尋ねて、老人を解放した。

ともあれ、須賀智文と思われる人物がこの辺りに現れていた事実は、無視できないものではある。

「お手数かけました。早速、本署を通じて、小松署の捜査本部に連絡するよう図ります。浅見さんには今後、さらに協力してもらわんとだめかもしれんし、一応、ケータイの番号を教えといてください」

「いや、じつは僕はまだ自動車電話しか使っていないのです」

「えーっ、ほんとですか？　いまどきのルポライターさんで、ケータイを持っとらん人がおるなんて、信じられんわ」

「僕も同感です。近いうちに持つ計画はありますが、いまのところそれがわが家の憲法みたいなものでして……」

浅見家の人間は、警察庁刑事局長の兄・陽一郎《よういちろう》を例外として全員、携帯電話を持たせないというのは母親・雪江《ゆきえ》未亡人の信念による断固たる方針だが、さすがに最近になって、次男坊の浅見光彦にも職業上の必須アイテムとして認めてくれそうな機運が見えてきた。とはいえ、現在はまだ「不携帯」であることは事実だ。

「そしたら、この名刺のお宅の番号に電話すればいいわけやね」

「はあ、まあ、そうなのですが……」

そう答えたものの、自宅に警察からの電話が入るのは、あまり好ましいことではない。万一、電話口に母親が出たりすれば、話がややこしいことになりかねない。

「なるべくなら、自動車電話のほうに連絡してくだささい。うちには病人がいて、電話のベルの音は心臓によくないもので」

「ふーん、そうですか」

松原は疑わしそうな目をした。

「そうそう、小松署には昨日、お邪魔しているのです」

浅見は信用を回復するために言った。

「小松署の轟さんという方にいろいろお話をしてきましたので、僕のほうからも、今回ここで須賀さんの足取りの一端が摑めたことをお知らせしておきます」

「いや、それはやめてください」

松原は「とんでもない！」とばかりに目を剝《む》いた。

「事件捜査に関することについては、自分らがやります。素人さんは一切、手を出さんといてほしいんですわ」

手を出すなと言われたって、現に須賀智文の足取りをキャッチしたのは、素人であるこの僕なんだけどな——と、浅見は大いに不満でもあり、おかしくもあった。しかし、ここで悶着《もんちゃく》を起こしてもしようがないので、「それではよろしくお願いします」と、おとなしく退散することにした。

4

駅まで送ってくれるのかと思ったが、松原巡査長は一人でミニパトに乗り込むと、さっさと行ってしまった。無罪放免してやるだけでも、ありがたいと思え——と考えているのかもしれない。浅見にしてみれば、須賀智文がなぜこの地を訪れたのか、どこへ行ったのかなどについて、松原とともに考えてみたいと思ったのだが、そういう話し合いのできる相手ではなかった。

浅見は仕方なく、病院の広い敷地をとぼとぼと歩いて道路まで出た。すぐ目の前にバス停がある。金沢市内まで行くらしい。時刻表を見ると、まだ二、三十分はバスが来ない。

(さて、どうしようか——)

思いあぐねて、隣にある内灘町役場へ寄ってみることにした。須賀が目ざした場所の手掛かりくらいは摑めるかもしれない。

医大病院も立派だが、町役場の建物も負けず劣らず堂々たるものだ。北陸の辺境と言っていいような場所でありながら、よほど財政状況のいい自治体にちがいない。

とりあえず、産業振興課に行って、内灘町の観光資料をもらうことにする。だいたい、地方取材の際はそこから始めるのが常道になっている。浅見が東京から来たことと、「旅と歴史」の取材が目的だと聞くと、職員は愛想よく応対した。

「そういうことでしたら、詳しい人間をご紹介しましょう」

そう言って、図書館の学芸員をしている女性を呼び寄せてくれた。女性は中島由利子《なかしまゆりこ》という五十代なかばかと思える年配で、内灘の歴史に造詣《ぞうけい》が深いそうだ。

中島はフロアの一隅にある簡易な応接セットに案内して、浅見が求める以上に、次から次へと資料を出して解説してくれた。浅見の目的は須賀智文の足取りを調べる参考になればいい――程度のことだったのだが、いまさらストップをかけるわけにはいかず、畏《かしこ》まって話を聞くしかなかった。

「内灘の観光資源というと、代表的なのは海水浴場と河北潟《かほくがた》と砂丘とサンセットブリッジですね」

内灘には「内灘」「権現森《ごんげんもり》」「西荒屋《にしあらや》」という三つの海水浴場があるそうだ。さっき浅見が見てきたのは「内灘海水浴場」で、そこから北東へ「権現森」「西荒屋」と連なるのだが、かつてはそれがすべて一つに繋がっていて、大砂丘を形成していた。

内灘は、「河北潟」という大きな汽水湖を抱く岬のような地形の上に展開する町だ。河北潟はその昔、北陸の豪商銭屋五兵衛《ぜにやごへえ》が干拓事業を試みて漁民の怨みを買い、挫折《ざせつ》し、讒訴《ざんそ》に遭い、捕えられ、それを契機に滅亡したことで知られる。

その後、干拓はいわばこの地方の人々にとっては悲願になった。とりわけ、土地の北西側半分がほとんど砂丘でしかない内灘は田畑が乏しく、河北潟を干拓して水田を造成する以外、生きる道はないとさえ考えられていた。

昭和三十年代になって干拓事業が本格的に始まり、潟のほぼ三分の二を埋め立て、水田地帯にすることに成功した。

ところが、皮肉なことに、ようやく干拓が完了したのと時を同じくして、米余り時代が到来した。現在はその広大な土地を利用して酪農を営んでいるが、経営的にはなかなか大変なのだそうだ。

「内灘の歴史は、河北潟の利用と、それに、押し寄せる砂との戦いの歴史だったと言ってもいいかもしれません」

中島の話は、いよいよ核心部分にさしかかった――という雰囲気になった。顔だちも体型もスラリとした、若い頃はさぞかし美人だったろうと思わせる女性で、表情も語り口も理知的でいきいきとしている。

「失礼ですが、言葉にこの辺りの訛りがありませんね」

浅見は不思議に思って訊いた。

「ええ、生まれも育ちも横浜でしたから」

「えっ、そうだったんですか。それじゃ、こちらにはご結婚で？」

「いえ、それは結果的にはそうなりましたけど、もともとは内灘の歴史に惚《ほ》れ込んで、こっちに根を下ろしたんです」

「ほうっ……」

浅見は驚いた。京都や奈良の歴史に惚れ込んで永住してしまうという話はよく聞くが、金沢ならまだしも、この辺りの歴史にそれほどの魅力があ

ると は信じられない。

「おかしいでしょう」

浅見の気持ちを見透かして、中島はいたずらっぽく笑った。

「そもそもは母の影響なんです」

「あ、お母さんがこちらのご出身ですか」

「そうじゃないんですけど、何ていうか、母が青春をかけた、想《おも》いのこもった土地って言ったらいいのかしら」

「はあ……」

理解に窮した。

「浅見さんは内灘にいらして、どこかご覧になりましたか?」

「いや、まだついさっき来たばかりで、海水浴場の辺りまで歩いただけです」

「だったら、私がご案内しましょう。内灘の本当の面白さを知っていただくには、ぜひ見て欲しいところがあるんです」

中島は立ち上がった。動作も言葉つきも機敏で若々しい。内灘の面白さもさることながら、そのエネルギーの源がどこにあるのか、興味が湧いた。

駐車場に中島の車があった。三菱の電気自動車だ。小さくて、ペットのような可愛いスタイルをしている。浅見は見たことはあるが乗るのは初めてだ。

「珍しいですね」

「ちょっと高かったんだけど、燃費がただみたいに安いのと、それに何と言ってもエコの思想に共鳴したんです」

メーカーが聞いたら大感激しそうなことを言っ

た。それはともかく、そのことで中島という女性の「思想」の一端を垣間見《かいま》たような気がした。

動きだしても、ほとんど騒音が聞こえないのには感心した。中島も「静かでしょう」と自慢げである。

少し走ったところで、大きな美しい橋を渡った。「これがサンセットブリッジです。その名のとおり、ここから眺める夕日がすばらしい。橋の下は河北潟と日本海を結ぶ放水路で、この放水路によって内灘は南北に分断されてしまったんです。サンセットブリッジはその一つの解決策として建設されました。でも、私に言わせれば、そんなことをするなら、最初から放水路なんか造らなければよさそうなものだと思うんですけどね」

橋を渡って左折。放水路沿いに下って行くと風力発電の巨大な風車がそそり立つ。

「あの先に土手みたいなのが横たわっているでしょう。あれは能登《のと》有料道路です」

風車の先を右折。少し走ったところで、車を停めた。そこから徒歩で、こんもりした、ニセアカシアの藪《やぶ》のような小山に入って行く。足元は軟らかで、かつてはここが砂地だったことを想像させる。しばらく行くと、およそ辺りの風景と似つかわしくないコンクリートの建造物が現れた。まるで要塞《ようさい》のトーチカを連想させる。建物の裾《すそ》のほうは、少し砂に埋もれかけている。ニセアカシアの防風林があってもそれなのだ。ピラミッドさえ埋め尽くす砂の脅威を、あらためて実感した。

中島はそこに向かって、さっさと大股《おおまた》に歩く。どうやら彼女が見せたかったお目当てはそのトーチカ風建造物らしい。

「あれは何ですか?」

浅見は訊いたが、彼女は黙ってさらに歩いて、立ち止まると、そこに立っている看板を指さした。

近づくと「着弾地観測所」と表示され、その下に解説文が書かれていた。

〈この建物は昭和二十八年内灘砂丘が米軍の特需砲弾試射場として使用されていた時、発射された砲弾が目標への的中率と爆発、不発の確認を行った着弾地観測所である。

通称O・P（オペレーション・ポスト）と呼ばれ見晴らしの良い丘の上に立てられたものであり、昭和三十二年一月まで使用されていた。——内灘町〉

「へえーっ、こんなものがあったのですか」

少し文法的におかしな文章だが、浅見は率直に感嘆の声を発した。

「浅見さんは知らなかったんですか?」

中島は意外そうに言った。

「はあ、もちろん知りませんでした」

「じゃあ、内灘闘争のことも?」

重ねて訊かれて、浅見は当惑した。知らないのが、単なる無知にとどまらず、何か罪でもあるような言い方だった。

「そうなのねえ、ルポライターをなさっているなら、当然、ご存じかと思ってたけど、浅見さんくらいの年代の人だと、もう、内灘闘争のことなんか、ぜんぜん知らないってことなのねえ」

嘆かわしいのを通り越して、絶望的にさえ聞こえる口ぶりだ。

「すみませんが、その内灘闘争というのは、どういうことなのでしょうか?」

恥をしのんで、浅見は訊いた。

「話せば長いことになりますけど……」

中島は少し思案して、「戻りましょう」と踵を返した。浅見はしおしおとその後に続いた。

車に近づいたところで、中島はふと思いついたように方向転換して、隣接する荒廃した藪のような森に向かった。

「ここには昔、神社があったんだそうです」

立ち止まると、その辺りをグルッと指で指し示して、言った。鳥居もなく、そこに神社があった雰囲気は感じられない。中島の説明はそれきりで、その神社のいわれがどうこうと説明するわけでもなく、しばらく佇んでから、回れ右をした。浅見が言葉を挟む余地はなかった。

着弾地観測所といい神社の跡地といい、ここではかつて何か大きな出来事があって、何かが失われた——という印象を受ける。広大な砂丘もその失われたものの一つにちがいない。

そのことを言うと、中島は初めて、この客の感性に満足した様子を見せた。

「そうなんですよ。その失われたものの歴史と、いま進みつつある繁栄の対比というか、ギャップがすっごく際立って、そこのところがとても面白い街なんですよね。この半世紀でこんなにも変化した土地は、全国でも珍しいんじゃないかしら」

車を走らせながら、楽しそうに言った。

「町役場や医大病院もそうですけど、街全体が新しい建物で輝くばかりでしょう。昔は河北潟に面した貧しい漁村だったのが、砂丘の宅地化がどんどん進んで、人口も急増して、財政的にもいまは石川県でも有数の優良自治体になっているんです」

聞いていると、本当にこの人は内灘という町が好きなんだな――と思えてくる。

「なるほど、いいところなんですね。お母さんの想いがこもっているのも、内灘のそのよさのせいなのですか」

「いいえ、母が知っている頃の内灘は、いまとは正反対。変化が起こる前、半世紀以上も昔の時代ですもの。でも、その頃の内灘に母がいのちをかけた青春があったんですって。いまから思うと、単なる挫折でしかないように評価する人たちもいますけど、私なんかは、それはそれで、現在の繁栄する内灘の礎《いしずえ》になったと思うんです」

「半世紀以上も昔のことですか」

「ええ、私の生まれる少し前。母はことし喜寿だから、まさに青春真《ま》っ只中《ただなか》っていう頃のことですよね」

中島が言った「喜寿」という言葉に、浅見はビクッと反応した。須賀智文もことしが喜寿のはずである。

「そんな想いがあるとなると、お母さんはときどき、内灘に来られるのですか?」

さり気なく訊いた。

「それが不思議なんですけど、母はあんなに内灘を懐かしがるくせに、来ようとはしないんですよね。懐かしい思い出と同時に、やっぱり挫折感もあるせいでしょうか。内灘ばかりでなく、金沢にさえ来ないんだから、いやな記憶があるんだと思います」

「もしかして、金沢だけでなく、北陸や日本海側にも行きたくないっておっしゃってはいませんでしたか?」

「えっ?……あら、そういえばそうですね。旅行はそんなに好きじゃないけど、誘われれば北海道や九州だって行くのに、日本海側に行ったたっていう話は聞いたことがないわ。でも浅見さん、どうしてそんなことが分かるんですか?」

「何となくです。何はともあれ、内灘は日本海側ですから。それよりも、お母さんがいったい何に青春をかけたのか、そのお話をお聞きしたいですね」

「ああ、それはだから、さっき言った内灘闘争ですよ」

「それがさっぱり分からないのです」

「そうでしたわね。それじゃ、どこか場所を変えましょう」

中島は車を小さな喫茶店の駐車スペースに停めた。

「ここのカレーライスがおいしいの」

言いながら、まるで自分の店に入るような気安さでドアを開け、中に「こんにちは」とひと声かけて、浅見を先に入らせた。

昼どきを少しずれたせいか、お客は二人しかいない。浅見は早速、カレーライスを注文した。中島のほうは、浅見にカレーを薦めておきながら、自分はナポリタンを頼んだ。カレーは食べ飽きているのかもしれない。

中島は店の奥のほうにある書棚から本を取り出して持ってきた。

「これを読むと分かります」

大判グラビア刷りの「ムック（雑誌と書籍の中間的な装丁の本）」のような本である。表紙に『ビジュアル内灘町史　砂丘に生きる町』と印刷されているから、一応、町史なのだろう。

目次を見ると「砂丘に生きて」とか「河北潟の光と影」といった文字がある。ふつうのいわゆる「町史」とはひと味違う、文学的ともいえるような編集方針を思わせる。

ページを繰ると「飛砂とのたたかい」という見出しがあった。日本海に面した内灘砂丘は、北西の季節風が吹きすさぶと、猛烈な勢いで砂が風に舞い、家々が砂に飲み込まれ、集落が砂に閉ざされる——と書いてある。現在、住宅が建ち並ぶ高台一帯は、木も草も生えない砂の大地だった——とある。

その数ページ先に「内灘闘争」の項があった。副題に「砂丘で起きた日本初の基地反対闘争」と印刷されている。

カレーとスパゲティが運ばれてきて、浅見の「読書」は中断された。

第三章　砂の記憶

1

太平洋戦争終結後の日本は連合国、主としてアメリカ軍の占領下に置かれた。そして一九五二（昭和二十七）年四月二十八日に、そのアメリカとのあいだで「日米安全保障条約」が発効した。

ところでその頃のアメリカは「朝鮮戦争」の真っ只中で、日本に大量の武器弾薬を発注した。日本が敗戦のどん底から立ち上がり、やがては世界第二の経済大国にまでのし上がるきっかけは、その時の「特需」が原動力になっていると言っても過言ではない。

それに対応して、日本政府は一五五ミリ榴弾砲《りゅうだんほう》と砲弾の試射場を設営する必要に迫られた。その候補地として、愛知県の伊良湖岬《いらごみさき》、静岡県の御前崎《おまえざき》、青森県の八戸《はちのへ》などが挙げられたが、最終的に石川県の内灘に白羽の矢が立てられた。

もともと内灘砂丘は旧日本陸軍が実弾射撃演習場として使用した国有地であった。そのことと、接収の対象となる土地がすべて砂丘地であって、地元住民に対する補償額が少なくて済むだろうという思惑が働いたのが試射場選定の理由となった。

政府から試射場の接収を告げられたのは一九五二年九月。その直後、内灘村議会は接収絶対反対を議決し、その時から県知事、村長を始めとする住民の総意に基づく試射場接収への反対闘争が始まった。

政府はことの「意外さ」に驚き、折からの第二十五回総選挙もからんで、「内灘候補地決定」はいったん白紙に戻された。

ところが、その舌の根も乾かない十一月、政府は抜き打ち的に内灘砂丘の接収を決定してしまった。

むろん地元は抵抗したが、国側の説得に応じることとなり、接収の条件として、四カ月間の期限付きであること、期限後は国有地を村に払い下げること、期限後のアメリカ軍駐留は認めないことなどを提示し、政府もこれを呑んで双方が和解した。

これに伴って、内灘試射場は一九五三年一月から四月まで使用されることが確定したのだが、実際に試射場建設が始まったのが二月で、試射が開始されたのは三月なかば。これでは約束の四月に接収が終了するはずがないことは明らかだ。それどころか、事実上、永久使用を目指そうとする政府の魂胆が見えてきた。

試射場設営にあたって、米軍はまず内灘駅から海岸まで、穴の開いた鉄板を敷きつめ、あっという間に道路を開通させた。いま「鉄板道路」と呼んでいるのがそれだ。さらに、厚さ六〇センチという分厚いコンクリート壁の着弾地観測所を二カ所に建設。これだけでも永久使用を窺わせるに十分だった。

しかも、試射場として接収された海岸は長さ八・二キロ、幅は一・三キロに達し、六つの集落が完全に海から締め出された。被害は内灘村のみにとどまらず、近隣の宇ノ気町、七塚町までに発射音や炸裂音《さくれつ》が鳴り響き、漁業はもちろん、生活面への影響が甚大で、地元民の怒りを爆発させた。

これが世にいう内灘闘争の発端である。内灘町史『砂丘に生きる町』には、この不幸な歴史について、克明に記録されている。

「この闘争に、私の母も参加したのです」

中島由利子はそう言っている。

内灘闘争は当初、地元の女性が中心になって進められた。男たちは漁に出かけなければならず、運動に参加できるのは留守を守る主婦（オカカ）がほとんどだったのである。

闘争が本格化するにつれ、政党レベルの参入が目立っていった。改進党、左右両派社会党、労農党。さらには青年団、婦人会、漁場を失った内灘六集落の代表らによる「内灘永久接収反対実行委員会」が結成された。

これに左翼系労働組合員や学生が支援、参加して、運動の規模は膨らんだ。座り込みやムシロ旗を掲げるデモ行進などが全国に報じられて、内灘闘争は基地反対運動のシンボル的存在になった。

若い労働組合員や学生は試射場の近くにテントや小屋がけの宿舎を造り、そこに寝泊まりして、長引く闘争に備えた。

「さっきの神社があった辺りが、座り込みの中心だったそうです」

彼らは政治や闘争に無縁だった人々のために学習会を開いたり、逆にオカカたちが食事の差し入れをしたりして、地元民と支援者たちは和気あいあい、一体化が進み、団結は強固なものになるかと思えた。

　実際、運動の成果はめざましいものがあった。兼六園で行われた日教組主催の基地反対国民大会には、一万人を超える群衆が集まった。武器弾薬を運ぶ北陸鉄道の労働組合はオカカたちに、「反対反対って言っても、あんたらが弾丸を運んでくるんでないがか」とその矛盾を衝かれ、内灘向け軍需物資輸送を四十八時間、ストップした。

　しかし、闘争が長引くにつれて、生活者である地元民と、思想や階級闘争の理念ばかりが優先する外部支援者とのあいだには、考え方のズレが生じてきた。とくに学生を中心とする若い活動家たちの過激な行動には、さしものオカカたちも同調しきれないものを感じ始めた。現実問題として、生活に困窮する状況も出てくる。

　そのうちに、条件付きの妥協を模索し賛成派に転向する者も現れ、一枚岩だった団結にきしみが生じ始めた。このような実情から、内灘村当局は闘争の長期化が村民の暮らしに悪影響を及ぼすことを懸念して、政府と補償交渉を始めるなど、条件闘争の色合いを濃くしてゆく。

　その結果、内灘村と政府とのあいだに、試射場使用は三年以内とし、試射場が不要となった場合は、国有地すべてを地元に払い下げるという条件で妥協が成立した。長期間に及んだ住民たちの座り込みにも、ようやく終止符が打たれた。

　内灘闘争は終結したが、終わりよければすべてよし――というわけにはいかなかった。長い闘争のあいだには悲劇的な出来事も少なくなかったのである。とりわけ、地元運動員と外部からの支援者との軋轢《あつれき》は、後味の悪いものであった。

当初は支援者たちの理論に感心し、耳を傾け、大いに啓蒙《けいもう》もされた地元の人々も、闘争がイデオロギー化し、あまりにも現実と乖離《かいり》した方向に向かうことに疑問を感じ、しだいに離反せざるを得なくなった。支援者たちが集団を形成し、エリート意識を持つムラのようになってゆくことにも反感を抱いた。ついには「ヨソ者は内灘から出ていけ」と言い出すグループまで現れた。

外部支援者たちの側も、運動が必ずしも自分たちの理想とするような方向にゆくどころか、出てゆけと罵《ののし》られたことに、焦りと挫折感を抱いたことだろう。

その渦中に、中島由利子の母親は身を置いていたというのである。

「結果として闘争は敗北に終わったけれど、母としてはそれなりの意義があったことを認めるって言ってます。私も、それは信じてあげたいと思うのだけれど、実際は必ずしもそう甘いものではなかったかもしれません。若い労働組合員や学生の集団だから、理論ばかりが先走って、やってることは地に足のつかないものだったでしょうしね。でも、母にしてみれば、その時代に確かに青春を燃焼させたのだし、悔いはなかったと思いたいにちがいない。それはそれでよかったと私も思うんです。そう思わないわけにいかない理由もあるんですけどね」

中島はそう言って、照れたような笑みを浮かべた。

（どういう意味かな？――）

　彼女のモナリザのような謎めいた笑顔を見ていて、浅見は（あっ――）と思った。

「なるほど、そうだったんですか」

「あらっ」と、中島は目を丸くした。

「そうだったって、浅見さん、何だか分かったみたいな言い方ですね」

「ええ、たぶん、僕の勝手な憶測が間違っていなければ、お母さんにとって、内灘闘争は青春ドラマというか、ロマンスの舞台でもあったということではありませんか。それと、中島さんの内灘に対する思い入れもそこに起因している……」

「そう、当たりだわ。あなたってほんと、鋭いひとなんですね」

　中島は感に堪《た》えない――と言わんばかりに、浅見の顔をしげしげと眺めた。

「そうなんです。私はね、その時の母のロマンスの産物なの」

　悪びれもせず、ケロリと言ってのけた。浅見のほうが大いに照れた。

「若い人たちが集団で何カ月も暮らしているんですもの、どうにかならないほうが不思議でしょう。その中には、母のように好きな相手と結ばれる幸せな人もいたり、逆に内ゲバみたいに争ったり、喧嘩別れをする人たちもいたんですって。母は断片的にしか話してくれないけど、その人たちの『内灘時代』ともいえる時期は、よくも悪くも青春ドラマですよね。そう思って、ついつい興味を惹かれ、ここに来て、居ついてしまいました」

「こんなことを訊くのは失礼かもしれませんが」

浅見は言いにくそうに訊いた。

「中島さんのお父さんも、その時代の体験を評価していらっしゃるのですか？」

「ううん、父はいないんですよ。つまり、私は私生児として育ったんです」

中島はあっけらかんと言った。浅見はどう応じればいいのか、言葉に窮した。

「私の父親になるはずだった人は、その闘争の末期に亡くなったんですって。私が生まれる半年以上も前。だから、父親は私の存在も知らなかったんじゃないかって。母は『戦死みたいもの』って言ってたけど、砂丘の中で不摂生な生活をしていたのが祟《たた》ったんでしょうね。とにかく、そういうわけで、母には甘酸っぱい思い出と私という厄介者が残されたっていうわけ」

「厄介者だなんて、それはないでしょう」

「まあね。母はそうは言わないですけど、本音を言えば厄介なお荷物だったんじゃないかしら。でも、よく育ててくれましたよ。その代わり、祖父母は苦労したみたいです」

「お母さんはご健在なのですか？」

「ええ、いまも横浜に独りで住んで、元気にしていますよ。内灘においでって言っても、絶対にいやって、強情なくらいここには来たがらないですけどね」

「つまり、いい思い出ばかりというわけにはいかないんですね」

「そうみたい。詳しいことは話さないけど、いろいろ、辛いこともあったんじゃないかしら」

「いちど、お会いしたいもんですね」

「母とですか？　会ってどうなさるおつもりなの？」

「いや、内灘での暮らしを詳しくお聞きしたいなと思いまして」

「ですから、詳しいことは何も話したがらないいんですってば」

「それはそれでいいですから、かつての女性闘士がどんな人なのかだけでも、ぜひ拝見したい」

「ははは、女闘士だなんて、いまはただの汚いおばあさんです」

「ひどいことを……」

浅見もつられて笑った。

「でも浅見さん、『旅と歴史』って、そんな現代の生々しい出来事のことなんかは、記事にしないんじゃありませんか？」

「いえ、そんなことはないですよ。少なくとも旅関係の記事は歴史の探訪をテーマにはしていますが、とどのつまりは現在の旅事情そのものです。それに、いまお聞きした内灘闘争はすでに半世紀以上も前のことなんですから、もはや歴史的に語られてもおかしくないでしょう」

「うーん、その発言については、歴史的人間としては異論がありますけどね」

それでまた笑いになったが、笑いながら浅見は、半世紀以上も昔の「歴史」が、いまにまで尾を引いていることを思った。

中島由利子の母親が、過去の「甘酸っぱい思い出」がありながら、どうしても内灘への拒否反応を捨てきれないということは無視できないと思った。むろん、そこからは須賀智文への連想に繋がってくる。須賀もまた、北陸への旅を回避し続けていたのだ。

その須賀が金沢へ来た。そしてたぶん、ここ内灘を訪れているのである。（なぜ内灘に？――）という浅見の疑問に、中島の母のことが、一つのヒントを与えてくれたような気がした。

2

津幡警察署から小松署に、県警捜査一課を通じて、須賀智文が内灘町を訪れていた形跡がある――と伝えられたのは六月三日の午後二時近くになってからである。

その日、轟は午前中いっぱい、小松基地周辺での聞き込みを行って、午後一時に署に戻っていた。

当初、内灘の話を聞いた時には、半信半疑だった。金沢から内灘は、小松とは真反対と言ってもいいような方角だ。目撃したのが八十歳近い老人と聞いて、ますますその信憑《しんぴょう》性を疑った。それは捜査本部全体の感想でもあった。

ともあれ、捜査が始まって最初の手掛かりのようなものだ。一応、ガセでも何でもいいから、捜査員を振り向けようと言っているところに、轟あてに電話が入った。それも轟を名指しだという。

「浅見っていう人からですが」

部下が取り次いで、そう言った。浅見といえば、昨日、突然やって来て、言いたい放題を話して去ったルポライターの名前である。（あの男かな――）と、轟は何となく不吉な予感を抱いて受話器を握った。

「浅見です、昨日はどうも」

陽気そうな声が飛び出した。

「早速ですが、じつは、須賀智文さんの足跡らしきものが摑めました。その件は津幡署のお巡りさんに伝え、轟さんのお名前を出しておきましたので、もしかすると、すでにお聞き及びかもしれませんが」

「ああ、たったいま、聞いたところです。ということ、その話は浅見さん、あんたから出たんですか？」

「ええ、そうです。浅野川線の列車の中で、細呂木谷というご老人から聞いた話です」

浅見は偶然、老人同士の会話を聞いた経緯を話した。

「なるほど……だとすると、いわゆる伝聞というやつですな」

「いえ、そうではありません。正確に言うと、その話を内灘交番の松原巡査長に話し、松原さんからご老人本人に確認してもらっていますから」

「しかし、八十歳近いお年寄りだそうじゃないですか。しかも病院通いをしとると聞きました。どうなんですかねえ、その話に信憑性はあるんですか？」

「ご老人ですが、目も耳も記憶力もしっかりした方ですよ。写真を見せて、間違いないと確認しました」

「なるほど。まあそれはよしとして、それで、その須賀さんと思われる人物は、内灘のどこへ行ったんですか？」

「そこまでは確かめていません。ただ、内灘駅を降りて、鉄板道路の方角へ行ったというのが細呂木谷さんの証言です」

「鉄板道路の方角？　その先は海岸じゃないですか」

「ええ、僕も行ってみましたが、ショッピングモールと温泉施設のようなものがあるだけでした。はたしてそっちへ行ったものかどうかは分かりません。途中からどこかの道を曲がった可能性もあります。それは警察で調べていただくほかはないでしょうね」

「むろん、捜査本部はその手配を進めとりますよ。自分も間もなく出発する予定です。浅見さんはまだ内灘ですか？」

「いや、そのつもりでいたのですが、ちょっと急な用事ができて、今日中に東京へ戻らないとならなくなりました。もっとも、僕なんかがいても、何の役にも立ちません」

「それはまあ、そうですが……」

正直にそう言ったが、しかし、気持ちのどこかで、轟は、この浅見という男と付き合っていると、何か思いがけない幸運が舞い込みそうな気がしないでもなかった。現実に、たった一日のうちに、須賀の足取りをキャッチしたというのだから、まったくの話、神懸かっている。いや、そうでなく、何か予め知っていたのではないか？——という疑念さえ湧《わ》いてきた。

「浅見さん、ちょっと訊きたいんやけど、あんたいったい、どういうきっかけで浅野川線なんかに乗ったんです？」

「大したきっかけでもないのです。金沢駅の構内で、たまたまそういう路線があるのを見つけて、ひょっとしたら——と思いついただけです。小松方面での聞き込み捜査で、須賀さんの足取りに何の手掛かりもないというのですから、ぜんぜん違う方角へ行った可能性もあるのじゃないかと思ったのです。それにしても、車内で細呂木谷さんとおばあさんの会話を小耳に挟んだのは、まさに幸運としか言いようがありませんね」

確かに浅見の言うとおりだろう。幸運以外の何物でもない。とはいえ、その幸運を呼び込むためには、そもそも浅野川線に乗ってみようという発想がなければ始まらなかったろう。いまいましいが、わが捜査本部では誰一人として、そのいわば単純な発想に思い至らなかったことは事実なのだ。

「聞き込み捜査の結果が出たら、ぜひ教えてください。僕のほうも、また何か分かりましたら、轟さんにご連絡しますよ」

浅見は最後まで陽気な口調でそう言って、電話を切った。

（何か分かりましたら、か——）

轟は頭の中で浅見の言葉を反芻《はんすう》した。してみるとあの男、まだ警察を出し抜いて、「何か」を発見するつもりでいるのかもしれない。どういう根拠でそんなことが言えるのか、訊いておけばよかった——と思った。

緊急出動が行われ、夕刻までかかって、内灘町での聞き込み捜査が展開された。県警の機動捜査隊に、所轄である津幡署も参加している。そう広くもない町域での聞き込みは、ほとんどローラーをかけるように効率よく進められた。

成果はわずかにあった。見かけない老人が鉄板道路の坂を海岸方向へ下って行くのを、道路に面した住宅の主婦が目撃したというのである。老人は左右の風景をもの珍しそうに見ながら歩いていたそうだ。

だが、そこから先の目撃情報はない。その周辺を中心に、一軒一軒、丹念な聞き込みを行ったが、須賀らしき老人の足取りはそこでプッツリと途絶えた。

夕刻近くになって、海からの風が急に強まってきた。足元の砂がサラサラと舞う。その砂に埋もれるように、須賀老人の足跡も消えたのである。

夜遅くに帰宅した轟を、珍しく幸子の父親の大脇忠暉が迎えた。娘たちはそろそろベッドに入る時刻だ。

「越乃寒梅《こしのかんばい》が手に入ったし、たまには一緒に飲もうかと思ったんや」

そう言ったが、どことなくそれは口実で、何か思惑ありげな気配を感じた。

「あんた、内灘へ行っとってんて。なんか、事件の目鼻でもついたがか？」

案の定、轟が腰を据えるのを待ちきれないと言わんばかりに、酒を勧めながら早速、切り出した。

「いや、あんましぱっとせんです。目撃情報はあったんやけど、頼りないもんでした。鉄板道路までは足取りは取れたんやけど、そこから先は、消えてしまったがです。ほやけど、お義父《とう》さんがあの事件に関心を持っとるとは思ってませんでしたが」

「そんなに関心があるわけじゃないけど、地元で起きた事件やし、婿《むこ》さんの関係しとる事件にまるっきり無関心ちゅうわけにもいかんがいね」

忠暉は照れたように笑って、

「夕方のテレビで、あの事件のニュースをやっとったがや。被害者の須賀いう人が内灘へ行ったちゅうことやった。新聞で読んどった時は『スガ』かと思とったんやけど、『スカ』っていうそうやな。そんな風に、濁らんと読む名前もあるんやな。珍しいねえ」

「警察の連中も同じように珍しいって言っとりました。ほやけど、住所が神奈川県の横須賀なんで、そっちのほうでは『スカ』と呼ぶ人が多いんかもしれんです」

「ほうか、横須賀か、なるほどな……」

忠暉は感心したように、しきりに首を振ってから、なかば呟《つぶや》くように言った。

「しかし、内灘みたいなところへ、何しに行ったんやろ」

「それなんですよ。さっき、遺族のほうに問い合わせて、内灘に何か知り合いでもおるのか訊ねたんですが、何も思い当たることがないということでした。たまたま、何となく砂丘を見たくなって、内灘へ行ったんとちがいますかね」

「ほうかなあ。砂丘言うても、いまは内灘にはもう、大した砂丘もないがやぞ。そんなんわざわざ見に行かんやろ。しかも行った先で、ふいと行方知れずになったちゅうのが、何か不思議やなあ」

「ほうっ……」

轟は思わず忠暉の顔を見直した。

「お義父さんも、関心がないとか言うとるけど、結構、推理されとるんですね」

「ん？　わしけ？」

忠暉は少し慌て気味に手を横に振った。

「いや、べつに推理みたいなもんはせんけど、ちょっこし気になったんやわ。それと、殺されたんが、わしと似たような年齢やろ。まあ、まったくの他人事とも思えんしな」

そう言うと、「さて」と、自らけりをつけるように掛け声をかけて、腰を上げた。

忠暉が帰った後、轟はしばらく独りグラスを傾けていた。妻の幸子が「あら、お父さん、もう帰ったん？」と現れて、その辺りを片付け始める。

「おい、おまえの親父さんは、かつて内灘におったことがあるがんけ？」

轟は訊いた。

「内灘？　ううん、内灘におったなんて話、聞いたことないわ」

「ほうか」

「内灘がどうかしたん？」

「いや、べつに何でもない。若い頃、内灘におったんかと、そう思っただけや」

「若い頃って、私が物心ついた頃のお父さんは、もう四十代半ば過ぎやったけど、それからずっと賀能《がのう》銀行の小松支店に勤めとって、結局、ここで定年を迎えたがや」

轟が幸子と付き合い始めたのは、忠暉が定年を迎えた後だ。最終勤務地が小松だったことは聞いていたが、それ以前にどこの支店に勤務していたかなどは知らない。

「銀行っていうのも、警察と同じで、あっちやらこっちやら転勤があるがでないが。内灘支店にもおったんじゃないけ」

「さあ、聞いたことないけど。だいたい、賀能銀行なんて、もとは信用金庫やったんやろ。社員は地元と密着して、転勤なんてなかったんじゃないが？　それに、内灘なんかに銀行の支店なんかあるんかいね？」

「支店はないけど、そっち方面が担当やったとかいうのはあるんでないか」

「ほれはほうやわね。訊いてみるけ」

「やめとけや。へんなことを訊くって言われそうや。そうでなくても、親父さんは警察が嫌いなんやからな。刑事にあれこれ訊かれるのは不愉快やろう」

「ははは、馬鹿みたい。刑事って言っても、あんたは娘の亭主、可愛い孫の父親やがいね。警察は嫌いでも、あんたはべつや。ほやけど分かった、お母さんに訊いてみるわ。そしたらいいやろ」

「ああ、まあな」

どっちでもいい――と思いながら、煮え切らない言い方をしておいた。

翌日も引き続き、内灘方面での聞き込みは行われた。内灘町とは河北潟を挟んで東側にある津幡町と、内灘町に南接する金沢市大野町にまで範囲を広げた。

大野町は大野川の河口を挟んだ南側にも町域がある。北岸の大野町にはオイルタンクなどの工業施設が多いが、南岸側は大野川河口の港として古くから開けたところだ。江戸期から続く醤油《しょうゆ》醸造業者が多く、ここの独特の風味を持つ醤油は「大野醤油」というくくりで、全国的に知られた存在だ。轟家で使用する醤油はここから取り寄せている。

轟はこっちの南岸側の大野町を担当した。子供の頃から慣れ親しんだ記憶が刺激されるせいか、醤油の香りが漂う町を歩いていると、妙な里心が湧いてくる。

「こんなところまで来てますかね?」

同行している小池刑事が、歩き疲れた顔で言った。轟自身、不毛の作業のような気がしているところだ。内灘町と大野町は隣接しているものの、あいだに大野川河口域が黒々と横たわっている。歩いて来るのはまず不可能だし、鉄板道路を海岸へ向かった須賀智文が、ここに現れた確率は、およそゼロに等しく小さいだろう。

しかし上司たる者がそんな退嬰《たいえい》的なことは言えない。とにかく「大野町周辺を洗え」というのが、捜査会議で出た方針なのだから、それに従うしかない。

五組十名で始めたローラー作戦は、この日の夕刻までに実りなく終わった。

捜査主任を務める県警捜査一課の中根正人《なかねまさと》警部は、この収穫のなさに業《ごう》を煮やし、声を荒らげた。

「被害者が内灘の砂地に消えたわけじゃないんやぞ。その次には安宅の関に死体になって現れとるんやからな。その間に何かあったはずや。おそらく不審車両に拉致されたんやろう。その現場はともかく、それらしい車についても目撃者も見つからんというのは、聞き込みが徹底しとらんからやろ」

まるで捜査員の怠慢であるかのような言いぐさだ。内心（馬鹿野郎――）と思うが、誰もが唇を嚙《か》みしめて沈黙している。成果が挙がらないのは事実なのだから、反論のしようがない。

「だいたい、被害者が内灘に行ったことも、何やらっていう素人のルポライターが掘り出して来た話なんやろ。そもそも浅野川線に乗ったことに気づかんかったのが、手抜かりもいいとこやわ」

その点についても、金沢駅の改札係や乗務員には一応、聞き込みを行っている。結果的に目撃証言を得られなかったのを「怠慢」と言われれば、返す言葉はない。

轟が疲れきった足を引きずって、ようやく帰宅できたのは午後八時。幸子の「ご苦労さま」の言葉も鬱陶《うっとう》しく聞こえるほどだ。

風呂を浴びて、遅い晩飯を食う。ビールは一缶だけと決めているのだが、今夜はもう一缶、欲しくなりそうだ。隣室で子供たちがテレビを見ているのがやけに煩《うるさ》い。

「少し音量小さくさせろや」

幸子に命じると、珍しく素直に「はい」と立って、子供たちに何か小声で言っている。「お父さんの虫の居所が悪い――」とでも囁《ささや》いたにちがいない。テレビはスッと静かになった。そうなったらなったで、八つ当たりをしているようで、轟は気が重くなる。

「あのことやけど、お母さんに訊いてみたわ」

戻って来るなり、幸子は言った。

「そしたらね、意外なことが分かってん」

「ふーん、何や？」

「お父さん、賀能銀行——その頃は賀能信用金庫やったけど、そこに入る前は北陸鉄道に勤めとったんやって」

「ほうっ……」

轟はグラスをテーブルに置いて、妻の顔を見やった。

「初め、浅野川線の運転士見習いで入って、それから資格を取って、運転士を何年かやった頃、北陸鉄道が潰れかかって、それで賀能信用金庫に移ったんやって」

「浅野川線に乗っとったんか。ほしたら、内灘にはしょっちゅう行っとったんやな」

「たぶん」

「たぶんて、浅野川線に乗っとったんやから、内灘へ行っとったんに決まっとるやろう」

「そんなにムキにならんでもいいがいね。私は知らんもん。お母さんだって、そういうことがあったって知ったのは、結婚披露宴で、お仲人さんが略歴を紹介した時やって言っとったし。それまで、話したこともなかったんやって」

「ふーん、隠しとったんかな？」

「まさか。隠しとくようなことじゃないやろう」

「そんなことどうして分かるん？　あんまり愉快な話じゃないし、黙っとったんかもしれんやろう」

「あら、ほうなん？　そういうもんなん？　あんたにも何か、隠しとることがあるってことけ？」

「あほっ、おれには関係ない話やろ」

「そんなん分からんわ。あんたのことだって、付き合う前に何があったんか、全部知っとるわけじゃないし」

「あほなことを……ほんなんやったら幸子、おまえはどうねんて。おれの前に付き合っとった男がおったんじゃないが」

「そんなもんおらんわいね」

「分からんぞ」

「ひどいっ!……」

幸子は半泣きの鬼のような顔になった。

「おい、声でかいげんて」

轟は隣室の様子に気を配った。テレビの音量を下げさせたことを後悔した。

3

中島由利子の実家は横浜の山手にあった。石壁に青い屋根を乗せた、ヨーロッパのどこかの国にありそうな建物だ。横浜は戦災に遭っているが、おそらく石壁のせいで類焼を免れたものと思われる。だとすると、築後七十年以上は経っているにちがいない。

蔦《つた》が這《は》う石塀の真ん中に門がある。かつては扉もあったはずだが、蝶番《ちょうつがい》の痕跡だけをとどめて、扉は外されている。玄関までは五、六メートル。車が入る広さは十分だ。

それにしても、この大きな家に、八十歳近い女性が独りで住んでいるのは、ずいぶん物騒な感じだが、それなりに用心はしているのだろうか。浅見はおそるおそる玄関に近づいて、須賀家と同様、それだけがやけに新しい、カメラ付きドアホンのボタンを押した。

「はい、どなたさまですか？」

しっかりした女性の声で訊かれた。

「浅見という者です。お嬢さんの由利子さんのご紹介で伺いました」

「ああ、由利子の……聞いております。少々お待ちくださいませ」

しばらく間があって、ドアチェーンを外す音が聞こえて、ドアが開いた。みごとな白髪の女性が現れ、丁寧にお辞儀をした。

「由利子の母の峰子《みねこ》でございます」

いくぶん小柄だが、顔だちが中島由利子とよく似ている。上品で理知的な雰囲気など、そっくりだ。いまはそうは見えないが、若い頃は由利子と同様、気性の強いところもあったのだろうか。

天気予報によると、梅雨入りまではまだ少し間があるそうだが、この家にはまるで梅雨どきのような湿りけが感じられる。ほとんどが洋風の住まいで、応接間もレトロな調度品を揃えた、大正から昭和初期のモダンな気配が漂う。

「浅見さんは、お急ぎでいらっしゃいますかしら？」

中島峰子は訊いた。

「いえ、さほど急いではおりません」

「では、少々お待ちくださいませな」

奥へ引っ込んだ。何かやりかけの仕事でもあるのだろうか。本当に少しばかりでなく待たせられた。そのうちに上質なコーヒーの香りがしたと思うと、ドアがノックされて峰子が戻って来た。

「浅見さんがお越しになると聞いておりましたので、コーヒーを挽《ひ》いておきましたの。お口に合いますかしら」

「あ、それは感激です。ありがとうございます」

浅見は心底、嬉しかった。挽きたて、いれたてのコーヒーはむろん、期待を裏切らない最上の味だったが、それ以上に、そうして客を遇する心配りが嬉しい。

「立派なお屋敷ですね。戦前からの建物ですか?」

「ええ、昭和の初め、祖父の代に建てたものです。その頃の当家は貿易商を営んでいて、ずいぶん羽振りもよかったのだそうです。戦後は一時、大変でしたけれど、祖父も父も英語が堪能でしたから、進駐軍におべっかを使って、うまく時流に乗れたのでしょう。わたくしはそういうのに反旗を翻して、それで痛い目に遭いましたけど」

峰子は物事にこだわらない性格なのか、こっちが思ってもいないことを、あっけらかんと話す。

「浅見さんは、由利子とはお初めてなのだそうですのね」

「ええ、初めてお目にかかって、いろいろとお世話になりました」

「由利子が申しておりました印象では、もっとご年配の方かと思っておりましたけど、浅見さんは由利子よりお若くていらっしゃいますのね」

まじまじと見つめられて、浅見は大いに照れた。

「はあ、まだ若造ですが、おっしゃられるほど若くもありません。少なくとも、あなたが内灘で活躍しておられた頃よりは、ずっと歳上です」

「あら、活躍だなんて……由利子がそう申しておりましたの?　いやですわねえ。わたくしなど、わけも分からず、人の後について回っていただけですのに」

「由利子さんのお話ですと、お母さんは内灘にはいらっしゃりたがらないとか」

「まあ、そんなことまで……お喋りな子ですこと。でも、それは本当のことですのよ。内灘にはね、いろいろ辛い記憶があって、少し恰好よく言えば、青春の挫折というのでしょうかしら。いえ、それ以上に悲しい、いやな出来事が多かったんですの。ですから、そこをまた訪ねるどころか、あまり思い出したくもありませんのよ」

「しかし、由利子さんという果実を得たのは、内灘ではありませんか」

「いやですわねえ。おばあさんをからかうものではありません。そういうのは果実とは言わず、過失と申しますのよ」

「ははは……」

峰子の巧みなジョークに、浅見は思わず笑ってしまったが、峰子はそれほどはおかしくもなさそうな顔をしている。考えてみると、あまり笑えない事実ではあった。浅見もすぐに真顔に戻った。

「そうしますと、内灘でのことは、苦い思い出のほうが多かったのでしょうか」

「結果としてはそうですわねえ。わたくしなど、それこそ正義感と希望に燃えて参加しましたし、若い人たちの多くも邪心はなく、本当に地元の人たちの応援に立ち上がったつもりでおりましたのよ。でもね、闘争が長引くと……あら、内灘闘争のことは、浅見さんはご存じないのでしょう?」

「はあ、直接は知りませんでしたが、今回、内灘に行って、それに由利子さんからレクチャーを受けて、多少の知識は身につけてきました」

「そう、それなら、お話ししても分かっていただけますわね。本当に激しい闘争で、けが人も出ましたし、病気にもなりました。そのことは覚悟の上でしたから、耐えることもできました。でも、地元の人たちと共同戦線を張っているつもりでいても、実際は拠《よ》って立つところが違うことに、だんだんおたがいに気づいてゆきますのね。外部から参加したわたくしたちは、基地化は絶対に許せないと思っておりましたけれど、地元の人たちにしてみれば、いつまでも頑《かたく》なな姿勢を貫くことに疑問を感じて、妥協点を見いだす方向を模索するようになりますの。その矛盾に対する苛立《いらだ》ちから、わたくしたちの内部でも葛藤《かっとう》が起きて、裏切り行為も発生しますし、暴力沙汰《ざた》にもなったりして……そんな中で、何よりも辛かったのは、地元の若い人から、『あんたらは、帰るところがあるからいい』って罵声《ばせい》を浴びせられたことでした」

思い出すと、辛さが蘇《よみがえ》るのか、峰子は眉をひそめて、天井を仰いだ。

「確かにそのとおりですものね。いくらきれいごとを主張していても、とどのつまり、闘争がどんな形で終わったとしても、わたくしたちは元いた場所、大学や職場に戻れば、ふだんの生活が待っている。それにひきかえ、あの方たちは、いま闘っているこの場所で未来永劫《えいごう》、生きていかなければならないという悲壮感があるのです。そういう、わたくし自身でさえ気づいていなかった欺瞞《ぎまん》を、ずばりと指摘されて、背筋が凍る思いでしたわ」

そこで吐息を漏らして、言葉を止めた。

「それで、闘争は終結したのですか？」

浅見は催促するように言った。

「いいえ、終わりはしませんでした。わたくしなど、気持ちが萎《な》えかけましたけど、リーダーのアジ（煽動《せんどう》）で奮起させられました。『おまえらは、あんな米帝（アメリカ帝国主義）の手先の言うことで動揺するのか』って、そう言われて、その時は、なるほどそうだなって納得したんですから、本当に若かったんですわねえ」

「リーダーの人は社会主義者ですか？」

「そうだったんでしょうねえ。でも学生でしたよ。同じくらいの歳の人でも、あんなに素晴らしいって思わせる、カリスマ性っていうのかしらねえ。とにかく弁の立つ闘士でしたわね」

「失礼ですが、その方があなたの？……」

「は？　あら、いいえ、違いますわよ」

峰子は若やいだ仕草で恥じらいを見せて、手を横に振った。

「わたくしの彼はもっとひ弱な人でした。闘争の途中で病気になってしまうくらいですものね。でも、純粋で、健気《けなげ》で、悲しくなるほどひたむきでした。それに、とてもハンサムな青年でしたのよ。そうそう、まるであなたみたいな」

ぬけぬけとお惚気《のろけ》を言った返す刀で、浅見にとばっちりをもたらした。浅見は照れ笑いをするほかはなかったが、峰子は今度は心置きなく笑った。その部分に関しては「わが青春に悔いなし」だったのだろう。もしかすると、彼女はその青年の「ひ弱」さに愛を感じたのかもしれない。

「しかし、その方は闘争のさなかに亡くなられたのですね」

「ええ、まるで戦死みたいな亡くなり方でしたわね。ひどい土砂降りの中、ピケを張りに駆り出されて」

峰子はふと視線を遠くに投げた。土砂降りの砂丘に建つ、粗末な掘っ建て小屋を思い浮かべるのだろうか。内灘砂丘を見てきたばかりの浅見にも、その情景は思い描くことができた。

「咳《せき》が出て、熱もありましたから、わたくしは止めたんですけどね。本人がどうしても行くって意地を張って……まあ、周りがそういう状況でしたのよ。たかが風邪ぐらいでしり込みするようなのは臆病者《おくびょうもの》だっていうムードかしら。わたくしはお腹《なか》の子のことがありましたから、参加しませんでしたけれど、後で聞いた話ですと、スクラムを組んでいる時に崩れ落ちるようにして倒れたのだそうです。すぐに病院に運べば、もしかすると助かったのかもしれませんけど、リーダーが『敵に弱みを見せるな』って叱咤《しった》して、結局、友人が二人して小屋まで運んで来ただけ。その後、あんまり様子がおかしいので、お医者を呼んだけれど、その夜遅くに、あっけなく亡くなりました。最後に、わたくしの手を取って言った言葉は『すまない』でした」

さすがに声は沈んだが、涙を見せることはなかった。

「その当時の同志の方々とは、その後、交流はあるのですか？」

「いいえ」

峰子は憮然《ぶぜん》として首を横に振った。

「内灘の闘争は完全に敗北でしたもの。わたくしは撤退した後、この家で子供を産んで、一年間休学して、大学に復帰しましたけど、ほかの方々がどうなさったか、まったく存じませんのよ。同じ大学の学生といえば、彼だけでしたし、わたくしなどノンポリもいいところ、組織との繋がりもありませんでしたから、その後、そういう運動に参加することもなかったんです。家には由利子がおりましたしね。いつまでも母に任せておくわけにもいきませんもの」

「どうなんでしょう。内灘闘争に参加した活動家の人たちは、誰もがあなたのように挫折感を抱いてしまったものでしょうか」

「さあ、それはどうですか、余所《よそ》さまのことは分かりませんけれど、何人かは挫折したかもしれませんわね。とくに、彼の『戦死』を目の当たりにした友人の方々は、一緒に泣いてくださって、『何でこんなことになるんだ』って、悔しがっていらしたから、きっと悔いが残ったのじゃないかしら」

「もしそうだとすると、あなたがそうであるように、二度と内灘へは行きたくないと思うものでしょうか」

「そうでしょうね、たぶん」

「そのご友人ですが、お名前は覚えていらっしゃいませんか?」

「それはあなた、無理ですわ。もうかれこれ五十何年も昔のことでしょう。それでなくてもすっかりぼけてしまって、昨日、何をしたかも忘れてしまうくらいですもの」

「須賀という名前に記憶はありませんか。横須賀の須賀です」

「あら……」

峰子の目が点になった。

「覚えてますわ、須賀さんて、濁らないのが珍しいって。そしたら、彼が『横須賀の須賀だよ』と教えてくれて……」

「そうですか、やっぱりご存じだったのですね」

浅見は抑えようとしても、声が弾んだ。

「ええ存じてます。そうそう、彼を助けて、小屋まで運んでくださったお二人のうちのお一人が須賀さんですよ。でも浅見さん、どうして須賀さんのことを？」

「須賀さん——須賀智文さんとおっしゃるのですが、その須賀さんは先月の十三日に亡くなったのです」

「まあ、そう……わたくしと同じようなお歳ですものね」

いつ亡くなっても不思議はないと言いたいのだろう。

「ところがですね、須賀さんの死因は自然死——つまり病死などではなく、殺害されたのです」

「えーっ、なんということ……」

浅見を見る峰子の目の色が変わった。明らかに、この客の本当の目的に不審と不信感を抱いた様子だ。

「じつは、須賀さんのお宅は、ここからそう遠くない横須賀市秋谷なんです」

「まあ、それじゃ、単なる比喩《ひゆ》でそう言ったのではなく、本当に横須賀の方だったんじゃありませんの」

「そうなんです。亡くなる少し前に、泉鏡花の足跡を取材しに、須賀さんのお宅にお邪魔したことがありまして、その後、書き上げた原稿に目を通していただこうと思っていた矢先に、須賀さんの悲報を聞きました。亡くなっていたのが、なんと石川県小松市の安宅の関跡だったのです。それで、取るものも取りあえず、石川に行って、須賀さんの足取りを調べました。そうしたところ、偶然、須賀さんが内灘を訪ねていたことを知ったのです。警察が目下、捜査中ですが、内灘の鉄板道路の坂を下って行くところまでで、なぜかそこから先の足取りがプッツリ途絶えています。それと不思議なのはですね、須賀さんのご家族によると、須賀さんは内灘のことを話したこともないし、石川県ばかりでなく、北陸地方への旅をしたがらなかったというのです。その点はあなたとそっくりですね。じつは、由利子さんからあなたのことをお聞きした時に、あ、よく似た話だ——と思い、もしかするとと思い立って、こちらにお邪魔したようなわけです。そうしたら、あなたが須賀さんのことを覚えていてくださった。おかげで、須賀さんがなぜ内灘を避けていたのかが、これではっきりしました」

浅見は一気に喋った。そうしないと、峰子に追い出されそうな危惧《きぐ》を感じた。

峰子は呆れたような目で浅見を見つめて聞いていた。理解力は若い者ほどではないだろうけれど、浅見の言っている意味は呑み込めたようだ。それに、理解するとともに、浅見に対する不信感は消えたらしい。

「そうですの……あの方が内灘へねえ……でも、そんなに嫌がっていた内灘へ、どうしていらしたのかしら？」

「そこなんです。僕が不思議に思うのもその点なんです。いや、僕だけでなく、ご家族の皆さんも、いったい、内灘へ何をしに行ったのか、誰にも分からないんです」

「内灘へいらっしゃることだけが目的だったとは限らないのではありませんかしら？」

「そうですね。確かに須賀さんは、金沢の泉鏡花の生家跡を訪ねてますし、事件のあった日は辰口温泉へ行く予定になっていました。その途中にフラッと内灘へ寄ってみたという印象はあります」

「でも、それも変ですわねえ。わたくしだって金沢へは行ってみたいのはやまやまですけれど、内灘のことを思うと、つい行きそびれてしまいますのよ。須賀さんも、そんなに避けていらしたのに、いまさら泉鏡花や温泉に惹かれて、あちらへお出かけになるものですかしら？」

「となると、目的はやはり内灘、ですか」

「さあ……わたくしには分かりませんわ」

峰子は考えあぐねたように首を振った。

「ところで、もう一つ思い出していただきたいのですが」

浅見は気を取り直して、言った。

「ご主人を……あ、いや、そうお呼びしても構わないでしょうか？」

「まあ、いやですわねえ。彼のことでしたら水城《みずしろ》と呼んでください。水城信昭《のぶあき》というのが彼の名前です」

「では、水城さんを救出してくれた、お二人のご友人の、須賀さんではない方の名前は分かりませんか?」

「それはもう、無理ですわねえ。須賀さんのお名前も、浅見さんがおっしゃってくださったから思い出せたようなものですもの。まったく無理です」

「何かヒントになるようなこともありませんか。たとえばどこの大学かとか、何という会社かとか、どこの出身かとか、仕草とか、言葉つきとか」

いろいろ並べてみたが、そのどれに対しても峰子はあっさり首を振った。

浅見は諦めて、最後の質問をした。

「ところで、水城さんのお宅はどちらだったのですか?」

「水城は仙台の人でした。でも、わたくしは行ったこともございません。ご家族にお会いしたのは、水城の遺体を引き取りにみえた時に、仲間たちと一緒に、お見送りしただけ。もちろん、由利子のことも、まったく知らせておりません」

「あ、そうだったんですか」

これが峰子にとって最も辛い部分に触れる質問だったと、浅見は後悔した。

4

横浜から秋谷までは三浦半島を横切って行くかたちになるが、そう遠い距離ではない。夏の盛りにはどこへ行こうにも道路が渋滞して、動きが取れないけれど、六月初旬のこの頃は、休日でもまだ人出は少ない。走り梅雨を思わせるような曇天《どんてん》の下、浅見は少し昂《たかぶ》った気持ちで車を走らせた。

　須賀家の人々は揃って、浅見を歓迎してくれた。とりわけ絢香は感情を正直に出すタイプだから、嬉しそうな笑顔を見せ、浅見も思わず頰《ほお》が緩んだ。もっとも、この家の主《あるじ》が亡くなってから、まだ一カ月も過ぎていないというのに、浮かれているわけにはいかない。

「祖父が内灘っていうところへ行ったって、浅見さんが見つけてくださったんだそうですね。すごいわあ」

　絢香は待ちかねたようにそう言って、浅見を讃《たた》えた。母親の幹子がお茶の支度をするあいだ、父親の春男そっちのけで、浅見の相手を務めるつもりでいる。

「見つけたのは、ほんの偶然。あまり褒められるほどのことではないですよ」

「でも、警察なんか大勢で調べ回っても、そのことに気づかなかったんでしょう。それを浅見さんは独りでやってのけたんですもの、やっぱりすごいですよ。いっそ、ルポライターなんかやめて、探偵さんになればいいと思うんですけど」

「おいおい絢香、ルポライターなんかなどと、失礼なことを言うもんじゃないよ。浅見さんは立派なお仕事をなさってるのだから」

　春男に窘《たしな》められて、絢香は「あ、ほんと、いけない」と舌を出した。

「いや、絢香さんの言うとおりかもしれません。

ルポライターなんて、いつまでもうだつが上がりませんからね」

浅見は笑ってフォローして、すぐに真顔になって言った。

「智文さんが内灘にいらっしゃったこと、どなたもご存じなかったのだそうですね」

「ええ、誰も知りませんでした。警察からその連絡があって、何か心当たりはないかと訊かれましたが、まったく分かりません。父からは、いちど金沢へ行って、その後辰口温泉へ行きたいとは聞いてましたが、内灘という地名自体、父の口から聞いたことがありません。いったい何をしに行ったのですかねえ?」

春男は沈痛な面持ちで、首を傾げた。

「そのことなのですが、じつはきょう、横浜で、あるお宅にお邪魔して分かったところによると、智文さんはお若い頃に内灘にいらしたことがあるらしいのです。そういうお話もまったくなかったのでしょうか」

「いや、ありませんでしたねえ。若い頃というと、いつ頃の話ですか?」

「たぶん学生時代。二十一、二歳の頃でしょうね。少なくとも四カ月ほどは内灘で暮らしておられたはずです」

「へえーっ、そんなことがあったんですか。ぜんぜん知りませんでしたねえ」

お茶を運んで来た幹子にも、「おまえ、聞いたことあるかい?」と訊いた。

「いいえ、内灘っていう地名そのものも、今度初めて聞きましたもの」

「そうかね、内灘はそこそこ有名だけどな。もっとも、親父が行ってたのは半世紀以上も前ってことですか。そんな大昔のことじゃ、われわれが知らなくて当然。もしかすると伯母《おば》は知っているかもしれませんが」

「伯母さんと言いますと？」

「父の姉が一人います。西東京市のほうに住んでいて、いまはちょっと、三鷹《みたか》の大学病院に入っておりますが」

「だいぶんお悪いのですか？」

「いや、一週間ばかり前ですが、転んで脚の骨を折りましてね。年寄りは治りが遅いもんだから、しばらくは入院しているんじゃないでしょうか。ほかは元気なもんですよ。一昨日、電話で話した感じでは、相変わらず口が悪くて、警察の捜査が進まないことを、さんざん毒づいていました」

「もしご迷惑でなければ、これからお邪魔したいのですが」

「それは構いませんが……しかし、わざわざいらっしゃっても、はたして何か成果が挙がるかどうか、分かりませんよ。伯母はなかなか気難しい女ですから」

春男は危ぶむように言った。

「私も一緒に行きます」

絢香が言いだした。

「杉江《すぎえ》のおばあちゃん、病院にいるあいだにお見舞いしておかないと、後で何を言われるか分からないし」

「ははは、それもそうだな。そうか、絢香が行ってくれるなら、伯母さんも喜ぶだろう。じゃあ浅見さん、絢香を連れて行っていただけますか」

「もちろん、僕のほうでお願いしたいくらいです」

慌ただしく出かけることになった。いまから行けば、夕方までに戻って来ることもできそうだ。

道中、絢香はまるでドライブ旅行にでも行くようなはしゃぎぶりだった。「父以外の男の人と、ドライブするなんて、初めて」などと言っている。

首都圏を縦断するようなものだが、横浜横須賀道路と首都高速を利用すると、それほど遠くない。前後の一般道路で少し手間取ったが、予想より早く三鷹に着いた。

絢香の大伯母が入院しているのは杏林《きょうりん》大学付属病院で、八階建て、白亜のきれいな建物だった。外科病棟は中には重傷を負った患者もいるはずだが、骨折の患者たちばかりの四人部屋は、清潔で静かで、病院特有の臭《にお》いもしない。

病室の名札に「杉江誉子殿」とあった。

「これ、シゲコって読むんです」

絢香が小声で教えてくれた。

その誉子は本を読んでいた。二人が入って行くのに、まったく気づかないほど熱中していた。絢香が「杉江のおばあちゃん」と声をかけると「あらっ」と眼鏡越しに視線を向けた。背後にいる浅見の存在をどう解釈すべきか、急いで判断している。

「須賀家を代表して、お見舞いに来ました。お加減、いかがですか?」

絢香は鹿爪《しかつめ》らしい挨拶をした。

「何ですねえ、そんな堅苦しい言い方して。それより、あちらさまはどなた？」

「浅見さんです。うちのお祖父ちゃんのことで、いろいろお世話になってるの」

浅見は一歩、踏み出して「初めまして、浅見光彦と言います」とお辞儀をした。

「おや、そうなの、絢香のボーイフレンドかと思いましたよ。初めまして、杉江誉子でございます。こんな恰好でお目にかかるのはお恥ずかしいですけど、よろしくお願いいたします」

寝たままで浴衣《ゆかた》の襟を寄せながら言った。須賀智文の姉というのだから、もしかすると八十の大台に達しているのかもしれないが、肌の色つやもよく、若々しく見える。

「浅見さんはね、お祖父ちゃんのことで、おばあちゃんにお訊きしたいことがあるんですって。それでわざわざ来てくださったの」

「ふーん、弟のことで、ですか？　どんなことでしょう？」

「じつは」

浅見は顔を誉子の近くに寄せて、囁くように言った。

「智文さんがああいうことになられる前ですが、最初の日は金沢に行かれたことははっきりしています。ところが、二日目にどこへ行かれたのか、分かりませんでした。それが、意外にも、金沢の北にある内灘町というところに行かれた形跡がありました。いったいなぜそこを訪れたのか。その謎はどうやら、お若い頃に内灘の基地反対闘争に参加していらっしゃったことと関係があるのではないかと、そのことが見えてきました。それで、杉江さんにお訊きしたいのですが、その当時、智文さんは内灘のことについて、何かおっしゃっていませんでしたでしょうか。昭和二十七、八年の頃ですが」

「内灘……」

誉子は眼鏡を取って、仰向いた姿勢で真っ直ぐ天井を見つめた。

「覚えていますよ。その頃、新聞なんかで騒がれていた内灘の基地反対闘争のことを、弟が熱っぽく喋ってましたわね。支援に行くと言って、父親からこっぴどく叱られてました。あたしもやめなさいって言ったんですけど、止めても止まらない時代ってありますわよね。若い頃は、傷ついてみないと分からないものです」

「内灘の闘争は挫折したはずですが」

「そのようですわね。弟がふらりと帰って来て、ひどく落ち込んでいたのを覚えてます。刀折れ矢尽きたっていう感じね。しばらく立ち直れなかったんじゃないかしら。それで懲りたのでしょう。政治活動からいっさい手を引いたみたいですけど、今度は何をやっているのか分からないありさまで、大学へ行ってるのか、遊び歩いているのか。目標を見失って、いわゆる放浪状態に陥ったように、あたしなどには見えましたわね。あたしは杉江の家に嫁に来てしまいましたけど、そのうちに父まで荒れだして、もう須賀の家は目茶苦茶。おかげで、すっかり貧乏になっちゃいましたのよ」

その様子は、須賀智文自身が話していたのと一致する。

「やはり、内灘での敗北がこたえたのでしょうね」

「そのようですわね。でも、いまになって内灘へ行くなんて、何を考えていたのかしら。内灘のことは思い出すのもいやだったはずですよ。まさか昔を懐かしんでいたわけじゃないでしょうに」

「どうしても、行かなければ気の済まない、何らかの理由があったのかもしれません」

「理由っておっしゃると?」

「それは分かりませんが、何の目的もないのに、あえて不愉快な思い出のある土地に行くとも考えられません」

「それはそうですけど……」

「その当時の智文さんのご友人関係について、何か覚えていらっしゃることはありませんか?」

「友人ていえば、全学連関係の人ばかりじゃないのかしら。弟は高校の頃から、そっちのほうにかぶれてしまって、ふつうの友達なんかできなかったと思います。少なくとも、家には寄りつかなかったですもの。どういう友達がいたのか、ぜんぜん知りません」

「じつは、内灘闘争の時、スクラムを組んでいる最中に倒れた仲間を、智文さんと智文さんのご友人が二人で救出したという話があるのです」

「そう……弟がやりそうなことですわね」

「じゃあ、その話もお聞きになったことはないのですね」

「ええ、ありません。たとえそれが美談であったとしても、そういうことをひっくるめて忘れてしまいたかったんじゃないかしら。親友のような間柄でも、闘争に敗れた後は絶交状態になったのでしょう。とにかく、その前と後とでは、弟の性格も生活態度も一変してしまいましたからね」

誉子は「ほうっ」と吐息をつくと、眼鏡をかけた。それは話の終わりを告げるポーズにちがいない。

「絢ちゃん、この脚が治ったら智文が亡くなった安宅の関へ行ってみない?」

「ええ、行きましょう。その頃までには、お祖父ちゃんの事件も解決して、犯人が捕まっているかもしれない」

「馬鹿ねえ、そんなに長くかかるわけないでしょう。あたしは後、せいぜい一週間で退院ですよ」

「一週間もあれば、浅見さんがきっと事件を解決しちゃいますよ。ねえ」

二人の信頼と疑惑の込められた視線を向けられて、浅見は苦笑した。

「そんなに簡単にいったら、それこそ警察はいりませんよ。さあ、長々とお邪魔してはご迷惑でしょう。そろそろお暇《いとま》します」

「あら、あたしのほうはちっとも構いませんのよ。もう少しすると息子たちも来ることになってますから、ゆっくりしていらっしゃればいいのに。ねえ絢ちゃん」

「そうもいかないの。夕刻までには帰るって言ってきちゃったから。じゃあ、皆さんによろしくお伝えくださいね」

絢香はまた鹿爪らしく言って、別れを告げた。気の強いはずの大伯母の表情に、ふっと寂しげな色が浮かんだ。

帰りの車の中では、疲れのせいか、絢香は少しおとなしくなった。

「浅見さん、東京駅まで乗せてくだされば、後は電車で帰りますから」

「いや、お宅までお届けする約束です。僕のことなら心配しなくてもいいですよ。きみほどじゃないけど、十分、若いんだから」

「そんな、おじさんみたいなこと言わないでくれませんか。浅見さんだって、私とそんなに歳は違わないんでしょ？」

「いやいや、きみから見れば立派なおじさんですよ」

「そんなはずはないわ。祖父だって、あんなこと言ってたんだし」

「あんなことって？」

「あら、もう忘れちゃったんですか？　意地悪ね」

わざとらしくそっぽを向いて、それから急に黙りこくった。智文老人が、絢香を浅見の嫁に——みたいなニュアンスで喋ったことを言っているのだが、浅見は気づかないふりに徹した。

横浜を過ぎる辺りで六時を回った。相変わらず雲はかかっているが、まだ陽は十分に高い。絢香は携帯電話で自宅に、あと三十分ぐらいで着く——と言って、「晩ご飯の用意、しておいてね」と付け加えた。

「浅見さん、晩ご飯、一緒に食べてくださるでしょう？」

「いや……と遠慮しなければいけないところだけど、いま、きわめて空腹でしてね。何しろ昼飯は中華街でタンメンを食べただけなんです。ありがたくご馳走《ちそう》になりますよ」

「ほんと、よかった。断られたら、車から降りないつもりでした……でも、そのほうがよかったかな」

きわどいジョークを言って、絢香はケラケラと笑った。

須賀家に帰り着くと、すき焼きの支度が始まっていた。

「漁師町だから魚料理——なんていうのは芸がないので、今夜はすき焼きにしました。付け合わせにアジのたたきとマグロの刺し身も出ますけどね」

須賀春男は、この人物には珍しく、陽気な口調で言った。若い男性客を迎えて、ひさびさに、楽しい晩餐《ばんさん》になったことを、家中で喜んでいることが感じ取れる。

すき焼きの付け合わせに、アジのたたきとマグロの刺し身というのは、これまで経験したことのない豪勢さだ。浅見は遠慮なく箸《はし》を使ったが、絢香も甲斐甲斐《かいがい》しく、浅見の器にすき焼きを継ぎ足したりしてくれた。それを眺める両親のくすぐったそうな目を意識して、浅見は大いに困った。

食事の途中で、春男がふと思い出した。

「そうそう、浅見さんと絢香が伯母の病院へ向かった後、妙なお客があったんですよ」

急に深刻そうな顔になっている。

「親父の知り合いと名乗って、訃報《ふほう》を聞いたので、お線香を上げさせてほしいと言うのです。まったくの見知らぬご老人だったので、どうしたものかと思ったが、お線香を上げたいと言うのを断るわけにもいかないので、上がってもらったんですがね」

「何か、被害があったのでしょうか?」

「いやいや、べつにそういうわけじゃないです。仏間には私も付き添ったんだが、ずいぶん長いこと拝んでくれてましたし、お香典までいただいた。お茶を出そうとしたら、急ぎますのでと、そそくさと帰って行かれたが、どういう人だったんですかねえ」

「智文さんとのご関係はお訊きにならなかったのですか?」

「訊きましたが、昔、お世話になった者ですとしか言わないのですよ」

「名前は何と?」

「ええと、ちょっと待ってください」


　春男は立って行って、香典用の熨斗袋《のしぶくろ》を持って戻って来た。袋には「大脇」とだけ書いてあった。

第四章　庄川峡へ

1

月曜日の朝は、警察官にとっても「ブルーマンデー」である。とくに難事件を抱えて、お先真っ暗な刑事には、気の重いことおびただしい。

捜査本部では中根正人警部の朝の「訓示」が行われ、いっそうの奮励努力を望む――とハッパをかけられた。

またきょうも、不毛の聞き込み作業が続くのかと思うと、轟は憂鬱《ゆううつ》になる。ひとまずデスクに腰を落ち着けて、一服――といきたいのだが、最近、庁舎内全館禁煙のお達しが発令された。

「ほんなら、出かけるか」

隣の小池刑事に声をかけたところに、電話が入った。

「浅見です」

受話器の中から、陽気そうな声が飛び出した。あまり聞きたくない声ではある。

「ちょっと、いま出かけようとしているところなんですが、急用ですか?」

「ええ、この前、何か分かったらお伝えするとお約束したもので」

「ああ、そうでしたね。それで、何か分かったんですか?」

「じつは、須賀智文さんが内灘に行った理由なんですが、どうやら判明しました」

「えっ、ほんとですか？　目的が分かったちゅうことですか？」

轟は思わず、腰を浮かせ、受話器に嚙みつくような恰好で怒鳴った。

「いいえ、それが旅行の目的かどうかまでは分かりませんが、とにかく、なぜ内灘へ行ったのかという、その背景のようなものは分かったつもりです」

「それは何ですか？　どんな背景があったんです？」

相手のゆったりした口調がまだるっこしくて、轟は急《せ》き込むように言った。

「ずっと昔ですが、内灘闘争というのがありましたよね」

「内灘闘争……ああ、詳しいことは知らんけども、ありましたね」

「須賀さんはその頃、内灘闘争に参加しているのです」

「はあ、なるほど……そんで？」

轟は拍子抜けした気分になった。内灘闘争は確か、五十何年も過去の話だ。

「それだけです」

「なんや……」

轟は浮かせた尻《しり》を、ドスンと椅子に下ろした。

「つまり、その頃のことが懐かしくて、内灘を訪ねたっちゅうことですか」

「たぶんそうだと思いますが、本当のところは分かりません」

「それはまあ、本人でないと分からんでしょうがね。いや、どうもでした。そしたら自分は出かけますんで」

電話を切ろうとした時、受話器の奥から浅見の声が聞こえた。

「は？　何か言いましたか？」

「もう一つ、お伝えしておいたほうがいいのではないかと思うのですが」

「はあ、何です？」

「大したことではないのですが、昨日、須賀さんのお宅に弔問客が来ました」

「そんな、弔問客みたいなもん、来ても不思議じゃないでしょう」

「そうなのですが、須賀さんのご遺族のまったく知らない人物でして」

「どこの誰です？」

「大脇と名乗ったそうなのです」

「大脇……」

轟はギクッとして、思わず周囲を見回した。小池はすでにドアの近くで、轟が来るのを待っている。

「大脇、何ていうんですか？」

「いや、上の名前しか分かっていません。轟さんは心当たりがあるんですか？」

「えっ？　いや、自分が知るわけないでしょう。いくつぐらいの人ですか？」

「須賀さんと同じような年配だったそうですから、たぶん七十代後半から八十歳といったところでしょうか」

「なるほど……ほしたらきっと、須賀さんの古い知り合いなんでしょうな。いや、どうもありがとうございました。また何かあったら教えてください」

轟は素っ気なく電話を切ったが、胸の内には穏やかでない、黒雲のようなものが広がってくるのを感じた。刑事の第六感というやつかもしれない。

小池に「ちょっと待っとって」と合図を送って、轟は受話器を握り直した。大脇の家では義母《はは》の克子が電話に出た。

「お義父《とう》さん、おいでますか？」

「ううん、おらんよ。一昨日《おととい》から仙台のほうへ行くって、出かけたまんまやわ。何か用け？」

「いや、また今晩あたり、飲まんかと思ったもんで。ほしたら、また」

電話を切ってから、いつ帰るのか――ぐらいは訊けばよかったと反省した。

小池の運転する車で出発した。きょうはふたたび、内灘町で、須賀の消息が絶えた鉄板道路周辺を重点的に洗い直す予定だ。

あの辺りの新興住宅地は、最近になって移住してきた家や、若いサラリーマン家庭が多い。内灘町の人口は一九六九年に一万人を突破したのだが、現在はおそらく三万人近くまで増加していると思われる。少子化の折から、これは異常ともいえる発展ぶりだ。

その背景には、比較的、土地が安いことにも原因があるらしい。それはかつて、内灘が試射場として接収されていた経緯と密接な関係がある。「列島改造」の嵐が吹きまくり、地価が上昇した頃、内灘の土地はまだ動かなかった。ただの砂丘地帯として、眠っていたのである。

その国有地だった土地が「内灘村」に安く払い下げられ、それがさらに民間に流出して、遅咲きの「土地ブーム」がやってきた。目端の利いた資産家や企業が、安い土地を買いあさり、あっという間に開発が進んだ。金沢市などのベッドタウンとして、いまや内灘町のとくに高台一帯は、石川県内で最も変貌《へんぼう》を遂げた近代的な住宅街として繁栄している。

若い街だけに、生活のパターンも若々しいのか、家でじっとしている人は少ない。刑事が聞き込みに訪ねて行っても、夫婦共稼ぎだったり、奥さんが買い物に出かけていたりで、留守の家に何度もぶつかった。かりに在宅だったとしても、家族全員に事情聴取をしたわけではないので、繰り返しの聞き込み作業が必要になるのである。

何度も歩き回っていると、町の性格のようなものも見えてくる。

内灘町は東側の河北潟の岸辺近くには、かつての漁師町の名残がある。低い土地を通る道路に面して、細長い集落が軒を連ねるように続いている。昔は季節風を避け、砂の害から逃れられる砂丘の東側のこの辺りが、最も住みやすい場所だった。河北潟の豊かな漁業資源とともに暮らせる、貧しいながらも穏やかな村だった。

いまは、かつては草も生えなかった砂丘の西側にも木が植えられ、新興の住宅が建ち並ぶ。日本海に面して、見晴らしのいい、それこそ夕日が美しい場所を選んで、大きな別荘を建てる金持ちもいるようだ。

鉄板道路を下って行くと、左右にそれらしい建物がある。訪ねても留守ばかりで、ふだんは人が住んでいないようだから、やはり別荘として使っているのだろう。そういう家に対しても、何度も聞き込みをかけなければならないから、刑事の苦労は尽きない。

小池刑事と車で内灘町へ向かいながら、轟の頭からは、朝の浅見の電話のことが離れなかった。

須賀家に「大脇」という人物が弔問に訪ねて来た——という。

大脇という名前はそんなにざらにはないけれど、とくに珍しいとも言えない。

ただ、七十代後半から八十歳——という年齢が気になる。それと、このあいだの晩、けっこう遅い時間まで忠暉が待っていて、「越乃寒梅」を勧めた時の、彼の様子が少しおかしかった。被害者の須賀のことと、須賀が内灘へ行ったことに、妙にこだわっていた。その時、轟は何となく違和感があったのだが、それが意味を持ってきそうな気がする。

行った先が仙台だというのは、ひとまず救いではあるけれど、仙台も横須賀も方角としては似たようなものだ。途中、横須賀に寄った可能性だってある。いや、もしかすると仙台は嘘で、じつは本当の目的地は横須賀だったのかもしれないではないか。

轟は次第に疑惑が膨らんでゆくのを止められなかった。「大脇」が忠暉である可能性はかなり確率が高そうに思えてきた。

それにしても、もしそうだとしたら、忠暉と須賀とはどのような関係なのだろう。かりに知り合いなら、事件直後にそのことを言いそうなものである。「須賀智文」の名前は新聞にも載っていたのだ。

（そういえば――）と、轟は思い出した。忠暉は須賀が「スカ」であるのに気づかなかったようなことを言っていた。「スカ」と発音することを知って、記憶が蘇ったにちがいない。だとすると、それはかなり遠い記憶だったのだろう。

轟の頭がそのことに占められている時、車は内灘駅の前を通過した。

「そうや、浅野川線に乗っとったっけ」

思わず轟は声を発した。小池が驚いて「は？」と振り向いた。

「おい、真っ直ぐ前を見て運転しろ」

轟は照れ隠しに言った。

「はあ、ほやけどいま、部長は浅野川線って言わんかったですか？」

「ああ、被害者が浅野川線に乗っとったって言ったんや」

「それは分かってますけど、それがどうかしたんですか？」

「いや、いいがや、こっちの話や」

小池の疑問をはね除《の》けたが、轟はいま思いついた着想に動揺していた。

忠暉は若い頃、浅野川線の運転士を務めていた時期があったのだ。それはまさに、内灘闘争真っ盛りの頃ではなかったのか。内灘闘争では、試射場反対派が、しばしば、浅野川線による武器の運搬を阻止しようとしたと聞いたことがある。だとすると、反対派の須賀智文と、浅野川線の大脇忠暉とは敵対関係にあったのではないだろうか。

少なくとも、内灘駅周辺で、忠暉と須賀との接点はあったにちがいない。

（どういうことや？――）

不吉な予感が押し寄せてくる。

「この辺ですね」

小池は車を止め、ハンドルの上で住宅地図のコピーを広げた。すでに聞き込みを終えた家には赤丸がついている。これからは点々と残る家々に当たって、片っ端から消してゆく作業だ。その手始めが、例の金持ちの別荘らしき家である。

門塀《もんぺい》の立派な大きな建物だ。二階には西向きのテラスがあり、たぶん夕日を見るためだろう、窓がやけに大きい。表札には「黄金井《こがねい》」と書かれている。

「えらい珍しい名前やな」

轟はそう言ったが、どこかで見たことのある名前のような気もした。

また留守かと思ったが、門のブザーを押すと、女性の声で応答があった。

「警察の者ですが、お忙しいところ申し訳ありません。聞き込み捜査にご協力、お願いします」

ずーっと、こういう低姿勢で聞き込みに歩いている。市民の反発に遭わないよう、警察も気を遣わなければならない。

「はい、少しお待ちください」

女性が言ってからしばらくして、門扉《もんぴ》が自動的に開けられた。小池が「さすが、金持ちのやることとは違いますね」と呟いた。

玄関まで二十メートルほどもある。ベンツのS

600という高級車が停まっていた。

玄関扉が開いて、女性が現れた。四十歳ぐらいだろうか。白いブラウスにクリーム色の薄手のジャケット、濃紺の長めのスカートという、教師のような服装だ。眼鏡をかけ、なかなか頭のよさそうな、少しきつい顔をしている。

「どういうご用でしょうか?」

「じつはこのあいだ安宅の関で起きた事件の被害者が、この辺りで消息を絶っておりまして、その足取り捜査をしているんです。この写真の人物なんですが。ご記憶はありませんか?」

女性は目を写真に近づけて、すぐに首を横に振った。

「いいえ、会ったことはありません」

「そうですか。たまたま当日はお留守だったかもしれませんね。事件があったのは五月十三日のことなんですが、お宅さんはご在宅でしたか?」

「先月の十三日ですか……」

ポケットから小さな手帳を出して、他人の目を避けるように開いた。

「十三日は参っておりませんわね」

「そうですか……ところで、こちらのお宅は別荘としてお使いですか?」

「ええ、まあ、そうですけど」

「あなたが黄金井さんですか?」

「いいえ、私は黄金井会長の秘書をしている者で、酒井《さかい》と言います」

「できたら、名刺をいただけませんか」

「分かりました」

女性は手帳に挟んであった名刺を渡した。個人的な意味での「秘書」なのか、名刺には肩書がなく、ただ「酒井麻美《あさみ》」とある。

「いま、酒井さんは黄金井会長と言われましたが、黄金井さんは何の会長をしておられるのですか?」

「ご存じないのですか?」

酒井はいかにも、何という無知——というようような顔で、勝ち誇った言い方をした。

「黄金井は賀能銀行の会長です」

「あ、賀能銀行さんの……」

轟は二重の意味でショックだった。一つは相手が大物すぎる——ということであり、もう一つは、忠暉がかつて賀能銀行に勤めていたという事実を思い出したためである。べつに関係のないことかもしれないが、何となく気になった。


「会長さんは、きょうはご在宅ですか?」

「ええ、本日はこちらに参っておりますが、ただいまは臥《ふ》せっております」

「どこか具合でも悪いのですか?」

「いいえ、そうではなく、いつもこの時間はひと眠りするのが習慣なのです」

「それじゃ、お話をお聞きするわけにはいきませんかねえ」

「はあ、申し訳ありませんけど。それに、会長にはいつも私がついておりますので、私が見たことがなければ、会長も見ていないことになります」

「なるほど……会長さんはかなりのお歳《とし》ですか?」

「ええ、まあ。今年、八十歳になります」

「そうですか……それでは無理を言うわけにもい

きませんね。お宅にはほかにどなたかおいでではないのですか？」

「はい、会長と私だけです」

「こんな広いお宅に、二人だけですか」

「いまはそうです。でも、大勢が集まることもありますし。いろいろです。こんなところでよろしいでしょうか」

露骨に追い立てるような口調で言った。

「あ、はい、結構です。どうもお邪魔しました」

退散するほかはなかった。二人が外に出るのを待って掃きだすように、門扉は内側から自動的に閉まった。小池は機械的に地図に赤丸を印《しる》した。

2

この日も退庁は八時過ぎになった。轟は気になっていたので、内灘からの帰りに大野で醤油を買って、それを土産に大脇家に寄り道した。忠暉はまだ帰っていなかった。

「今日は帰るって言っとったんや。遅くなっても帰って来ると思うわ」

克子はそう言った。

「お義父さんは最近は車、運転せんのですかね」

「ほうやねえ。前みたいには乗らんようになったけど、それでもたまには使っとるわ」

「五月十三日の夜はどうでした？　お旅まつりの前の晩ですが」

「さあ、どうやったかねえ。そう言えば、あの日は夕方から寄り合いがあるって言って、車で出かけたかもしれれん。よー覚えとらんわ。それがどうかしたんけ？」

「いや、お義父さんも歳やし、そろそろ運転免許証を返上したほうがいいんじゃないかと思って」

「ほうかねえ」

「そしたら、帰ります」

轟は大脇家を出て、横の物置小屋のようなガレージに寄った。忠暉の愛車・ワゴンRが置いてある。小さい割に容量の大きい車だ。裸電球のスイッチを入れ、薄暗い灯にぼんやり浮かぶ車の中を覗いてみた。

飾り気のないシンプルなシートが並んでいるだけで、荷物は何も入っていない。ドアノブを引いてみると、ロックされていなかった。上半身を車の中に入れて、後部座席と床を調べた。ずいぶん古い車のはずだが、きれいに使っている。べつに何かを期待したわけではないが、「収穫」はなさそうだ。

身を起こしかけた時、後ろから「何しとるんや？」と、忠暉の声がした。

轟はギョッとして、後頭部をドアの枠にしたたかにぶつけた。

「あいたた……」

悲鳴を上げながら、かろうじて振り向くと、忠暉が、見たこともない疑惑に満ちた顔で佇《たたず》んでいた。

「あ、お帰りなさい。ちょっと車を見してもらってました」

「こんな車見て、どうするんがや？」

「いや、ガソリン高いし、うちの車、小さいのと買い替えようかと思って、ちょっと参考のためにですね。それとお義父さん、さっきお義母さんにも言ったんやけど、そろそろ免許証を返上したほうがいいがでないですか」

「そんなもん、放っとけや。こんな田舎《いなか》で、車がなかったらどうもならんがや。それながに、警察は枯れ葉マークみたいなもんつけさせて。ほんとに、余計なお世話やぞいや」

「はははは、あれはもみじマークですよ」

「何がもみじねんて。枯れ葉やろいや。なんであげなもんをつけないかんがか」

「それはあれです。周囲の車に気を遣ってもらうためですよ」

「ほんなんやったら、若葉マークでもいいやろ。枯れ葉みたいな、あとは落ち葉になって土に帰るしかない、夢も希望もないもんつけさせるがは、年寄りを馬鹿にしとる証拠や」

「なるほど……その説には僕も同感です。新聞に投書でもしてみたらどうですか」

「だめやだめや、何の効果もないがや。ほやけどな、年寄りやからって、なめたらだちゃかん。一寸の虫にも五分の魂ちゅうことを忘れたらだめながや」

「はあ……」

轟は呆気《あっけ》に取られて、忠暉の気負った饒舌《じょうぜつ》に圧倒された。

（何怒っとるんやろ？――）

それを察したのか、忠暉は少し表情を和らげた。

「寄って、一杯やって行かんけ」

「いや、僕は帰る途中です」

「まあ、いいがいいね。幸子には電話しとけばいいがいや」

　有無を言わせぬ言い方をすると、背を向けて、さっさと玄関に入ってしまった。轟は仕方なくそれに続いた。それに、せっかくのチャンスだから、忠暉の「仙台行き」を問いただしてみるのもいいかもしれない——という気にもなった。

　玄関に出迎えた克子は、亭主と一緒に轟の顔もあるので、びっくりしている。

「おじいさん、ご飯は？」

「列車の時間があったし、金沢駅で食べてきたわ。栄君と一杯やることにしたし」

「栄さんは、ご飯は？」

「僕も署でそばを食ってきました。帰ってから夜食を食います」

　上がり込んで、舅《しゅうと》と婿は座卓を挟んで坐った。克子が娘に電話して「栄さん、少し遅くなるし」と断ってくれた。忠暉はこのあいだの「越乃寒梅」ではないが、地元の旨《うま》い酒を出した。轟はどちらかというとビールのほうがいいのだが、文句は言えない。

「お義父さんは仙台へ行かれたそうで」

　轟はさり気なく訊いた。

「ほや、仙台へ行ったわ」

「何か用事ですか？」

「いや、用事ってことはないけど、昔の友人を訪ねてみたんやわ」

「昔というと、学生時代ですか」

「まあ、ほんなもんや」

「そうすると、かれこれ六十年近い昔ということになりますか」

「ほうやな」

「えっ、それ以来、初めて会われたちゅうことですか？」

「いや」

忠暉は首を振った。

「亡《な》くなっとったわ。墓参りしてきたんや」

「あ、そうでしたか」

義父の年代は、そろそろそういう時期にさしかかっていることを思い、轟は気勢を削《そ》がれたような気分になった。

「そっちの捜査のほうはどうや？」

忠暉が訊いた。

「さっぱりです。依然として被害者の足取りが掴めとらんのです。内灘の鉄板道路まで行ったことは確かですが、その先が、プッツリと切れてしまって。その次に現れたのは安宅の関というわけです」

「ふーん、毎日大勢で捜し回ってそれけ。警察も案外だらしないもんやな。真面目《まじめ》にやっとるんかいね」

「やってますよ。くたくたになるまで歩き回っていますよ」

轟は思わずむきになった。言われっぱなしで黙ってはいられない。

「お義父さん、今回は横須賀へは行かれたんですか？」

不意打ちのようにぶつけてみた。忠暉はジロリと轟を見返した。

「ん？　横須賀？……何で横須賀へ行かんならんがけ？」

「いえ、何となく」

轟はあいまいに質問を逸《そ》らして、「今日、内灘を歩いていて、賀能銀行会長の別荘を見つけましたよ」と言った。

「ほうっ……会長を調べとるんか？」

忠暉は驚いて、手にした茶碗《ちゃわん》の酒を少し零《こぼ》した。

そのうろたえぶりに、轟のほうがむしろ驚いた。

「まさか。ただの聞き込みです」

「なんや、そうなんや」

一転して、つまらなそうな顔になった。

「確かお義父さんは、賀能銀行に勤めておられたんですよね」

「ああ、そうや」

「あの黄金井会長というのは、どういう人物ですか？」

「どういう人物って……会ったんじゃないがんか？」

「いや、会えませんでした。秘書の女性に、昼寝の時間だとか言って、断られました」

「ふーん、もういい歳やし、昼寝もするんやろね。若い頃はキレ者やったけど……まあ、ひと口に言えば、きわめてやり手の経営者やな。ワンマンで金権体質、我欲の権化《ごんげ》言っていいがかもしれん」

「へえーっ、何だかあまり好きではないみたいに聞こえますが」

「みたいじゃなくて、はっきり言うて、嫌いやった。黄金井を好きな者なんて、おるんかいや。金になることやったら、見境なく何でも手を出す。政治家とつるむし、法律すれすれの悪事は数えきれんやろ。いつか墓穴を掘るって思っとったけど、無事に生き長らえた。悪い奴ほどよく眠るっていうけど、ほんとやな。盗人の昼寝ちゅうしな」

これほどまで悪《あ》しざまに言うのは、よほど黄金井会長が憎かったにちがいない。それにしても、いつもは穏やかそのもののように見える忠暉に、こんな風に激する一面があるというのは、大発見ではあった。何か、よほど虫の居所を悪くするようなことでもあったのだろうか。

「おじいさん、疲れとるがでないが?」

克子が気掛かりそうに言った。

「早う風呂に入って、寝てください」

「僕も帰ります」

轟は腰を上げた。

「なんで、まだいいやろ。夜はこれからやがいや」

忠暉は不満そうだ。もう少し、何か言いたいことがありそうな様子にも見えた。

「ほやけど、僕のほうも明日の仕事がありますので」

「ほうか。あんたにちょっこし言うときたいこともあったんやけど」

「はあ、何でしょう?」

「ん? まあ、今度にするわ。まだ、ちょっとな……」

その先は言わず、

「わしの車、あれよかったらもらってくれんけ。わしもほんとは、車は乗らんほうがいいかもしれんし。ほしたら、無理せんと、頑張ってくれや」

と手を挙げた。表情に疲労感が滲《にじ》んでいるのが気になった。だからこそ克子の言うとおり、早く寝たほうがいいのだろう。

轟も「ほしたらご馳走さんでした」と挨拶《あいさつ》して、大脇家を出た。

帰宅して、茶漬けを啜《すす》った。食事をしていても、その後、風呂に入ってからも、忠暉のことが頭を離れない。

（横須賀へは本当に行かなかったのだろうか？——）

浅見からの電話で、「大脇」という老人が須賀家を訪れたと聞いた時、轟はすぐに忠暉のことを思い浮かべた。忠暉が「仙台へ行っている」と知って、その思いはますます固まったのだが、忠暉はあっさり否定した。

（あれは嘘をついている顔だ——）

そう思った。過去の訊問の経験からいっても、その直感は間違いないと思う。

さり気なく振る舞って見せていたけれど、ほんの一瞬、（なぜ横須賀のことを知っている？——）という驚きが、忠暉の表情を掠《かす》めた。

しかし、その動揺は瞬時のことで、轟のように関心を持って見ていなければ気づかない程度のものだった。

（あれは何だったのだろう？　なぜ嘘をつく必要があるのだろう？——）

忠暉と須賀が若い頃、「敵対関係」にあったかもしれないと思いついたが、それをいまも引きずっているとは考えられない。（まさか——）とは思いながら、いやらしい刑事根性から、一応、車を調べてみた。

そういえば、突然、車をやると言いだしたのもおかしな話だ。その直前まで、車がなかったらどうしようもないようなことを言っていたのに、である。

「おい、おまえの親父さん、近頃ちょっとこし、おかしくないけ？」

幸子に言ってみた。

「おかしいって、何が？」

「いや、急に、車をくれるって言うがや」

「ほんとけ？　何考えとるげんろ。まさか先が短いなんてことないやろね。病院へでも行ったんかな？」

「あほ、縁起でもないこと言うな」

そう言って笑ったが、冗談でなく、死を予感したのでもなければ、ああいうことは言いだしそうにない。しかし、そうだとすると、その前の強気の発言とは矛盾する。

帰り際に何か言いかけたのも、妙に気になってきた。「まだ、ちょっとな……」という言い方も思わせぶりで、「言うときたいこと」が何なのか、気にかかる。

いろいろ思い合わせると、疑惑がどんどん走りだす。

五月十三日、須賀智文が殺された夜、お旅まつりの前夜、大脇忠暉はどこにいたのか――を、刑事である轟は、頭の中から消すことができなかった。

轟は家族のアルバムを開いて、忠暉が写っている写真を探した。孫娘の真純と一緒の写真があった。アルバムから剝《は》がして、少し残酷だが、忠暉の顔の部分だけを切り取って、翌朝、速達で浅見光彦宛《あて》に送った。「須賀さんのお宅を訪ねた大脇という人物と同じ顔かどうか、確かめてください」と手紙を添え、自分の携帯電話の番号を付け加えた。

その返事は次の日の昼過ぎ、内灘のラーメン屋で食事をしているところに入った。

「浅見です。いま須賀さんのお宅にお邪魔したところです。早速、あの写真を見てもらいましたが、確かにこの人だったそうです。間違いなく大脇という人です」

浅見は明るい声で報告した。対照的に轟はドスンと胸にこたえるような衝撃で、「あ、そうでしたか……」としか言えなかった。

「この人はどういう人ですか？　そちらの捜査線上に浮かんだ人物ですか？」

こっちの反応が物足りないのか、浅見はかぶせるように訊いてきた。

「いや、そういうわけじゃないんですが、知り合いに似たような感じの人がおったもんで、一応、確かめただけです」

「そうでしたか。でしたら、須賀さんとはどういう関係か、訊いてみていただけませんか。何かの手掛かりになるかもしれません」

「そうですな。まあ、事件とは関係ないですが、訊いてみるだけ訊いてみます」

「お願いします……あ、それともう一つ、この写真はどうやって入手したんですか？　記念写真かスナップ写真から切り取ったように見えますが、一緒に写っていた人物がいるのではありませんか?」

「いや、一人だけの写真の、顔の部分を切り取って送ったんです。一緒に写っとる人物はいてませんよ」

轟は自分でも情けないくらいうろたえた。こんな調子では、嘘発見器を使わなくても、怪しまれるだろう。

しかし浅見は気づかなかったのか、屈託のない口調で、「そうですか」と言った。

「それじゃまた、何かお訊きになりたいことがあったら、お電話ください」

「あ、浅見さんのケータイの番号を教えてくれませんか」

「じつは、僕はまだケータイを持っていないのです。わが家で禁じられてましてね。しかし、そうも言ってられないので、間もなく持つことになりますが、それまでは名刺の番号に電話してください」

「分かりました。いや、お忙しいところ、どうもありがとうございました」

礼を言いながら、轟は額に汗が浮かんだ。それにしてもあの浅見という男、油断がならないと思った。速達を受けて、すぐに須賀家へ飛ぶ行動力といい、一緒に写っていた人物——と気が回るところなど、刑事にしたら、さぞかし有能な捜査官になるだろう。

席に戻ると、対照的に呑気《のんき》な小池刑事が、丼《どんぶり》に残ったつゆを啜って、「何かあったんですか?」

と言った。

「写真がどうしたとか言っとったみたいですけど、誰の写真ですか?」

「なーん、誰でもないいげん」

まだラーメンは半分ほどしか食っていなかったが、食欲が減退した。「出るぞ」と言って席を立った。

（なぜ義父は嘘をついたのだ?――）

確定的になった疑惑を抱えて、轟は胸が締めつけられるような思いがした。

3

轟部長刑事の電話での応対に、浅見は違和感を覚えた。須賀家を大脇という名前の人物が訪ねた話をした時の、「大脇……」とおうむ返しに反応した瞬間に、微妙な心の動きが伝わってきた。

心当たりがあるか?――という質問に「知るわけないでしょう」と、いくぶん強く否定したのも、動揺を糊塗《こと》するようなニュアンスに聞こえた。知らないなら、単に「知りません」で済むはずだ。あの口調は、じつは知っていると肯定したに等しいと思った。

さらに、その憶測を裏付けるように、轟は老人の写真を送って寄越した。大脇という人物は知らないと言った、その舌の根も乾かないうちに、である。そしてその写真の主と、須賀家を訪ねた「大脇」が同一人物であることが明らかになった。

それはつまり、轟が「大脇」なる人物を知っていると、自ら証明したようなものだ。それにもかかわらず、たまたま、知り合いに、似たような感じの人がいたから——という、言い訳にもならないことを言っている。

「大脇」はおそらく、轟の身近にいる人物にちがいない——と浅見は思った。それにしても、なぜそのことを隠さなければならないのだろう？　須賀の事件に大脇が関与している可能性があるからだろうか？　大脇とはそもそも何者なのか？

頭の中に、いくつもの「？」がふつふつと湧いてくる。

浅見がもし警察官で、轟が一般市民にすぎなければ、当然、公権力をもって疑惑を質《ただ》しに向かうところだ。しかし現実はその正反対の関係である。轟と大脇の関係、大脇と須賀の関係、大脇が須賀家を訪れた目的とは、どのようなものなのか——。

訊きたいことは山ほどあるが、いまはそのすべてを憶測でしか量るすべはない。

浅見は横浜の中島峰子を訪ねた。「大脇」と須賀智文の写真を携えている。その二枚の写真を見せて、見覚えがないか訊いた。

「さあ……」

峰子は首をひねった。

「どなたかしらねえ？……」

「こちらは須賀智文さんです」

浅見が一方の写真を指さして言うと、「ああ、そういえば……」と反応した。

「どことなく面影がありますわね。でも、そう言われないと、ぜんぜん見当もつきませんわ。五十何年もの歳月ですもの。人の顔かたちは変わりますし、それに、こちらの頭もすっかりぼけてしまいましたからね」

　悲しげに眉をひそめた。

「この人はどうでしょうか？」

　浅見は「大脇」の写真を示した。

「さあ、まったく分かりませんわねえ。やっぱり内灘にいらした方ですの？」

「いえ、それは分かりません。ひょっとすると、水城さんを救《たす》けた二人の、もう片方の人物かと思ったのですが。名前は大脇という人です。ご記憶、ありませんか？」

「大脇さんねえ……だめ、ぜんぜん覚えてませんわねえ」

　無理もない。浅見だって十年前に卒業した大学の友人と会って、しばらく名前を思い出せなかったことがある（『漂泊の楽人』参照）。

「前から気になっていて、お訊きしにくかったのですが」

　浅見は遠慮がちに言った。

「お嬢さんの由利子さんですが、確か内灘でご結婚されたと伺ったような気がしたのですが。苗字は中島さんのままですね。それはどういう？」

「ああ、あの子は離婚しましたのよ。どちらが悪いとは申せませんけれど、由利子もなかなかきついところがございますしね」

　峰子は苦笑した。その口ぶりだと、ご亭主の浮気か何かを許さずに、追い出した——といったケースが想像できる。

「それなら、さっさとこっちに帰って来ればよさそうなものですけど。そんなみっともないことはできないと申して……本当に強情なんですから」

「ははは……」

浅見は思わず笑ってしまった。

「由利子さんも同じようなことをおっしゃってましたよ。内灘へいらっしゃいと言っても、お母さんは強情で、どうしてもいやだとおっしゃるとか」

「わたくしのは強情ではございませんわ。内灘にはいやな思い出があるからいやだと申しておりますの。あの子の場合は違いますでしょう。わたくしが亡くなってしまったら、どうするつもりなのかしらねえ。この家をさっさと売って、内灘に豪邸でも建てる気でいるんでしょうかしらねえ」

嘆かわしそうに首を振った。

「こんなことをお訊きするのは失礼かと思いますが……あなたは由利子さんをご出産なさったあと、ご結婚するお気持ちはなかったのでしょうか?」

「ほほほ、ほんとに失礼なことですわ」

峰子は鷹揚《おうよう》に笑ってみせた。

「それはね、両親や親戚《しんせき》などからも、いろいろお薦《すす》めはありましたけど。何ですかねえ、帯に短し襷《たすき》に長しでしょうか。由利子のこともございましたし、結局は実らずじまい。でもあなた、わたくしだって女の端くれですもの、長い人生、それなりにいろいろとございましてよ」

若やいだ、いたずらっぽい目で、不躾《ぶしつけ》な質問者を睨《にら》んだ。

五十余年の歳月、人はどんな生き方で過ぎてゆくのだろう。内灘闘争での挫折は、多くの若者の人生観に影響を与えたにちがいない。須賀や中島峰子のように、二度と内灘には近寄りたくないと思うほどの、癒《いや》しきれない傷を負った者もいたのだ。

しかし、闘争に参加した者すべてが、挫折したことによって厭世《えんせい》的になったとはかぎらない。その体験をもとに、あるいは挫折をバネにして飛躍した人間もいただろう。内灘闘争の体験者全員の「その後」を追跡したら、壮大な人間ドキュメントが生まれそうな気がする。

中島家を訪ねた二日後の朝、例によって遅く起きて、一人でテーブルに向かっている浅見に、お手伝いの須美子《すみこ》がコーヒーと一緒に新聞を持ってきてくれた。浅見は習性のように、一面を通り越して、社会面を開く。

〔庄川峡《しょうがわきょう》に変死体／殺人事件か？〕

白抜きゴシックで三段抜きの見出しが、最初に目に飛び込んだ。

〔十二日の昼過ぎ頃、富山県砺波市の小牧《こまき》ダム、通称庄川峡のダムサイトに近い水面に、男性の死体が浮いているのを、庄川峡を走る遊覧船の職員が発見、警察に届け出た。砺波警察署が引き揚げて調べたところ、所持品から、この男性は石川県小松市に住む無職、大脇忠暉さん（77）と判明。死後十時間以上を経過しているものとみられる。後頭部に打撲痕があり、警察では事件、事故両面から調べを進める。家族や関係者の話によると、大脇さんは温厚な人柄で、他人に恨まれるようなことはないという。十一日の昼過ぎに家を出て、そのまま帰宅しないため、家族が心配して捜索願を出す相談をしていた矢先のことだった。〕

記事には写真が添えられている。正面を向いた、おそらく免許証の写真を使ったのではないかと思われる生真面目《きまじめ》な顔だが、轟が送ってきた写真と同一人物であることははっきり分かる。

（「大脇」が死んだ――）

浅見は目の前の空間に、黒々としたものが渦を巻くような不快な気分に襲われた。

すぐに轟の顔が浮かんだ。富山県は石川県の隣である。地元の新聞では、この事件のことが、東京で見るよりは大きく報道されているにちがいない。それに対して、轟はどう動くのか？　轟と大脇の関係がどのようなものか分からないが、少なくとも知人であることは確かだろう。

須美子がハムエッグとトーストを運んできたが、浅見はそれを後回しにして電話に向かい、かなり躊躇《ためら》いを覚えながら、小松警察署の番号をプッシュした。しかし轟は不在だった。外出中だというので、外出先を訊くと、「そういうことはお教えできないことになっております」と、丁重に拒否された。かりに轟が在席していて、電話を取ったとしても、同様にニべもなく撥《は》ねつけられるものかもしれない。

トーストをぱくつきながら、浅見は居ても立ってもいられない思いだ。大脇がどういう場所で、どういう状態で死んでいたのか、この目で確かめたかった。

「須美ちゃん、ちょっと出かけてくる」

慌ただしく食事を終えると、宣言するようにそう言った。自分自身に対してハッパをかける意味もあった。

「どちらへですか？　お夕飯までにはお帰りです

か？」

「いや、たぶん泊まりになる。行く先は富山県だからね」

「あら、このあいだいらしたばかりで、またいらっしゃるんですか」

「このあいだのは石川県だよ。それよりは近い。費用もそんなにかからないいんだ」

なんで須美子にまで遠慮しなければいけないのか――と、居候《いそうろう》根性の自分がいささか嘆かわしくなる。

正直なところ、懐具合も気にはなる。泉鏡花関係の「旅と歴史」の原稿も、進捗《しんちょく》状況はあまりよくない。藤田編集長の罵声《ばせい》が聞こえてきそうだ。こんな風にあっちこっちに気を遣って、一文にもならないエセ私立探偵をきめこむのは、自分でも気が知れないと思っている。

（誰が何と言おうと、これが趣味なんだから仕方がない――）

最後には、開き直るほかなかった。使命感につき動かされるのだ――ぐらいのことを言えばいいのだが、そういうかっこいい発想は浅見にはない。

それにしても、北陸は遠い。飛行機で行けばひとっ飛び、ほんの一時間の距離なのだが、車だとまず六時間は見なければならない。それでも、ほとんどが高速道路を使って行けるだけ、救われる。

北陸自動車道の砺波インターで下り、国道156号を南下する。庄川沿いの坂道にかかる。坂の途中で、利賀《とが》村方面へ行く国道471号が分岐する。そこを通り過ぎ、少し行ったところに小牧ダムがある。左手下方に黒みがかった湖面が見えて間もなく、庄川遊覧船乗り場に着いた。ここの職員が「遺体」の第一発見者だという。

庄川遊覧船はダム湖の上流にある大牧《おおまき》温泉へ行く船である。大牧温泉はこの船に乗らなければ行けない、文字通りの秘湯だ。そのことが大牧温泉を有名にしてもいる。

目的地が大牧温泉だけだから、庄川遊覧船は日にわずか四回しか往復しない。待合室はローカル線のそれのように簡素で侘《わび》しい、しみじみ旅情を感じさせるような佇まいだ。

売店の女性に話を聞くと、発見者の職員はちょうど船で温泉のほうへ向かっているところだという。しかし、遺体の発見現場の位置は彼女も知っていた。

「ここからだと、ちょうど対岸といってもいい、あの辺りです」

船着場へ下りる階段まで出て来て、指さして教えてくれた。

「あそこへ行くにはどう行ったらいいのでしょうか?」

「それだったら、少し下って、471に曲がればいいです。藤《ふじ》橋という鉄の橋を渡って一キロばかり行った、岸辺から五十メートルほどのところの湖面に死体が浮いていたんだそうです」

礼を言って、早速、現場へ行ってみることにした。女性に言われたとおり、国道471号に右折する。この道は庄川峡の東岸に沿って南行、まもなく東側の山地に上って行く。その先は利賀村を経由、新楢尾《しんならお》トンネルで尾根の反対側に抜け、北に向きを転じて、「風の盆」で有名な八尾《やつお》へ下って行く。

　471号への分岐点の辺りは道路の改修か何か、かなり大規模な工事をやっている。藤橋は鉄骨剝《む》き出しの殺風景な橋で、背景の峡谷には似合わない。橋を渡り、少し急な坂を上って行くと、道路の幅が狭くなった。向こうからトラックでも来ると、すれ違うのに苦労しそうだ。

　そう思ったところにダンプカーがやって来た。困ったな――と思っていると、先方は慣れたもので、道路の山側に少し凹みのある場所で待機していてくれた。そういう広い部分が、ところどころに用意されているらしい。一キロも行かない道路の右側、湖水に面した側の道路脇の樹木から樹木へ、黄色い規制線のテープが張ってあった。

　規制線はえんえん続いている。かなり広い範囲で遺留品の捜索が行われているのかもしれない。

　さらに行くと、木の間隠れに行動服姿の警察官の姿がチラッと見えた。浅見は道路のやや広い場所にソアラを停めた。ハザードランプを点《つ》けておいた。

　近づくと、警察官は十数名いるようだ。長い棒を手にして、ブッシュの中を探って歩いている。すぐ脇には湖面が見えていて、ほとんど崖《がけ》に近い急斜面だから、捜索も楽ではないだろう。

　一人が浅見に気づいて、上司らしいのに報告した。数名がいっせいにこっちを見た。浅見は構わず、どんどん歩いて行って、帽子を取って「こんにちは」と挨拶した。精一杯《せいいっぱい》の笑顔を見せたのだが、相手は誰一人、ニコリともしない。

「お宅、どちらさん？」

リーダー格の年配の男が無愛想に言った。襟章は巡査部長だ。

「東京から来た浅見という者です」

浅見は彼に近づいて、名刺を出した。「旅と歴史」に累《るい》が及ぶと悪いので、肩書のない名刺を使った。

「フリーのルポライターをやっています」

訊かれる前に付け加えた。

「ルポライター？　マスコミさんかね。取材は午前中でみんな帰ったよ。邪魔しないでもらいたいんだが」

相手にしたくない——と背を向けかけるので、浅見は慌てて言った。

「この作業は、後頭部を殴打した凶器を探しているのですか？」

「ん？　どうしてそんなことが分かる？」

「新聞に、そんなようなことが書いてありましたから。しかし、凶器はこの辺りにはなさそうですね。おそらく犯人は別のところで被害者を殴打して、失神した状態でここに運んで来たのではないでしょうか」

「そんなことは分かってるが、たとえ無駄でも一通りのことはやらなきゃならんのだ」

巡査部長は面白くもなさそうに言った。

「どっちにしろ、そろそろ店じまいだから、放っといてくれ」

まだ陽はあるが、山間の夕暮れは早い。それに、午後五時までが公務時間なのである。散っていた警察官たちがぞろぞろと集まって来た。規制線の黄色いテープを、端からからめ取っているところを見ると、これが最後の捜索ということらしい。

どこかに待機していたらしい人員輸送車がやって来るのが見えた。

「被害者を投げ込んだ場所は分かったのでしょうか?」

浅見は最後の質問をした。

「ああ、だいたいの見当はついた。そこに目印の杭《くい》を打ち込んであるよ」

巡査部長は五、六メートル先の辺りを指さした。確かに白木の細い杭が草地に突き刺さっている。そこから湖に向けて、急斜面の草やブッシュが折れ伏しているのが分かる。途中に灌木《かんぼく》が少しあるのだが、そこで引っ掛かることなく、被害者は無事に(?)ダム湖まで落ちていったのだろう。

輸送車が来て、捜索隊員が乗り込んだ。エンジンの音が遠ざかると、不気味なほどの静寂が周囲に立ち込めた。浅見はこういうのが苦手だ。急いで車に戻ると、何度も切り返しをして車の向きを変え、警察の車を追いかけようとした。

その時、向こうからやって来る車が見えた。工事関係車両ではない、ごく普通の乗用車だ。浅見は道路の端に車を寄せて、すれ違いを待った。

しかし、車は目の前で停まり、中から家族連れらしい五人が出て来た。七十歳を過ぎたくらいの女性と、彼女の息子夫婦と孫といった印象だ。若いほうの女性の手に花束があるのを見て、死者の遺族かなと思いながら、ご亭主らしき男性に視線を止めて、浅見は思わず「あっ」と声を発した。

小松署の轟部長刑事だった。

4

轟は義父の「悲報」を内灘で聞いた。例によって小池刑事を伴って喫茶店に入り、遅い昼食のカレーライスを食べ終えたところだった。携帯電話が鳴って、画面を開くと、自宅の番号が表示されていた。席を立ち、ドアのところまで行って「はい、おれや」と言うと、いきなり、妻の幸子が「お父さんが大変」と金切り声を上げた。

「どうしたんや、落ち着けま」

轟は叱った。

「だって、大変ねんて。お父さんが殺されてん」

「殺……」

轟は背後を振り返り、ドアを開けて外に出た。

「殺されたって、いつ、誰に、どこでけ？　いったい何があったんや？」

まるで若い刑事に捜査規範を教えるように言った。それでさすがに、幸子も落ち着きを取り戻したようだ。

「たったいま、富山の砺波署から電話で、お父さんが庄川のダム湖で死んどったって、殺されたらしいって、連絡があってん。これからすぐ、砺波署に遺体の確認に来てくれって。あんたはいま、どこけ？　一緒に行ってくれるんやろ」

「分かった、いま内灘や。すぐに砺波署のほうに連絡して、駆けつけるし。で、お義母さんはどうしとるんや？」

「電話を受けたあと、気分がひどなって、いま休んどる。砺波には私一人で行くし。真純と勇人はお母さんに預けて行くわ」

「ほうか、それがいいわ。真純にはお祖母ちゃんの面倒を見るように言うとけや。容体によっては病院へ行かんといかんかもしれんし。おれはこっちの両親と連絡取って、連れて行くし」

轟の両親は砺波の運送会社の社宅にいる。偶然とはいえ、すぐ近くで息子の舅が殺されるという事件が発生したわけだ。

店内に戻ると、轟は勘定を済ませ、小池を促して外に出た。

「女房の父親が事件に遭った。これから砺波署に行くが、おまえはどうする」

「事件て、まさか……」

「そうや、殺されたらしい」

「えーっ、ほんなら自分も行きますよ」

「いや、そりゃいかんわ。こっちはあくまでも私用やからな。ひとまず署に帰って、課長に事情を説明しといてま。もちろんおれからも連絡は入れるが、よろしく頼む」

「了解しました」

内灘から砺波までは、ほぼ真東に約三十キロの距離である。金沢森本インターから北陸自動車道に乗れば、一区間で次が砺波インターだ。轟は屋根に赤色灯を回して急いだ。

走りながら、義父の奇禍《きか》を気持ちのどこかで予感していたことを思った。なぜかは分からないが、忠暉の不審な行動から生まれた疑惑が、そういう発想に結びついたことはまちがいない。

それにしても、殺されるようなことになるとまで考えていたわけではない。いったい、義父の身に何があったのか？

　しかも、事件の現場が庄川の小牧ダムだというのである。行きずりの犯行や、単純な物盗り目的とは思えない。七十七歳の温厚そのもののような義父が、どういう理由で殺されなければならなかったのか、いくらいろいろな可能性に思いを巡らそうとしても、轟の想像の及ぶところではなかった。

　砺波署に着いてから、父親宅に電話を入れた。父親の洋一《よういち》は留守で、母親の富江《とみえ》が電話に出た。忠暉が亡くなったと告げただけで、「ひぃーっ」というような声を出した。

「どうしたんけ？　具合が悪いような話、聞いとらんかったけど」

「ああ、ちょっこし事情があるげんて。詳しいことは後で言うし、親父さんに伝えて、すぐに一緒に来てくれんけ。いま、砺波署におるし」

「砺波署？　何でそんなところにおるが？　忠暉さんは何か事故にでも遭ったんけ？」

「だから、詳しいことは後で説明するし。とにかく親父さんと連絡取って、なるべく早く来てくれんけ。どっちにしても、来るまでここにおるし、受付の人におれのこと、尋《たず》ねてくれ。いいけ」

　轟は少し邪険に電話を切った。

　砺波署では上里亮人《あがりあきひと》という警部補が応対してくれた。四十歳前後の穏やかそうな男だ。轟が被害者の義理の息子で、しかも石川県小松署の部長刑事と知って驚いた。

「そうですか、それはどうも……しかし、そういうことであるなら、事務的にいろいろ内輪のことを訊いても構いませんね」

「もちろんです。通常と同様に事情聴取を行ってください」

「了解しました。よろしくお願いします。それはともかく、早速ですが、ご遺体のほうにご案内しましょう」

忠暉の遺体は、すでに市立砺波総合病院に搬送されていた。轟は幸子のケータイに電話してその旨を伝えた。幸子の乗った列車は金沢を発車したところだという。「あと三十分くらいで着くと思う」と言っている。

遺体安置室で轟は義父と対面した。忠暉は脱色でもしたように白い顔になって横たわっていた。

「ご本人に間違いありませんか？」

上里が訊いた。轟は「間違いありません」と頷いて、合掌しながら、危うく涙が出そうになった。思えば先日、一緒に飲んで、少し気まずい雰囲気で別れたのが最後だった。

「司法解剖はこれからですが、お医者さんの所見によりますと、後頭部に打撲痕はあるものの、それは致命傷ではなく、死因は溺死《できし》のようです」

上里警部補がそう説明した。

「しかし、飲んだ水の量が少ないことから、おそらくほとんど意識不明の状態で湖に投げ込まれたものと思料されます」

「所持品はどうだったのですか？」

「免許証はありましたが、財布等、金目の物は所持しておられませんでした。あるいは盗み目的の犯行かと考えております」

（安宅の関の事件と同じだな——）と轟は思った。

「強盗を偽装した可能性もありますか?」

「もちろん、現段階ではそれも視野に入れて捜査を行うつもりです。その点については、轟さんからもお話をお聞きしたいので、ご協力願います」

上里警部補の言葉つきが、警察官同士ではなく、被害者の親族に対するものになっている。轟は別室に案内されて、事情聴取を受けることになった。これまで、多くの事件で、いろいろな人間に事情聴取を行ってきたが、自分が逆の立場になることなど、思ってもいなかった。

間もなく轟の両親も砺波署の巡査に付き添われて駆けつけた。息子の口から事実を知らされ、仰天した。しかし、さすがに警察官の親だけあって、幸子の母親の克子が血の気を失ったほどにはショックはなかったようだ。ともあれ遺体と対面して、両親は轟とともに事情聴取の席に並んだ。

上里の質問は型通りのものだったが、轟も両親も、捜査の参考になるような答えは思いつかない。とりわけ誰かから、殺されるほどの恨みを買うようなことが、忠暉にあるとは思えなかった。

ただ、轟自身にはかすかな疑念が胸のうちに蟠《わだかま》っている。むろん、安宅の関の被害者、須賀智文のことだ。忠暉がわざわざ神奈川県の横須賀まで出向いて、須賀家を弔問したということと、この事件とがどこかで結びつくのではないかという疑惑である。

しかし、それを上里に言うべきか言わざるべきか、轟は迷っていた。忠暉の弔問それ自体には何も問題があるわけではないが、横須賀行きについて家人に何も言わなかったというのは、何やら怪しい。須賀との関係がどういうものなのか。それにも増して、須賀の事件との関わりを疑われても仕方がない。

踏ん切りがつかないでいるうちに、事情聴取は終わった。

その直後、幸子が到着した。遺体との対面が済むと、引き続き上里の事情聴取が行われたが、幸子にもこれといって思い当たることはなかった。幸子の話によると、忠暉は昨日の午後二時頃、妻の克子に「ちょっこし出て来るわ」と言い残して自宅を出たそうだ。行く先は言わなかったが、それはいつものことで、その時の様子にとくに変わったところはなかったという。

ふだんなら、何も言わない場合は夕刻までには帰宅するのだが、午後八時を過ぎても帰らず、連絡もない。少し心配になって、克子は娘の幸子に電話した。幸子は「心配やったら、うちの人に相談してみるけ」と言ったのだが、克子は「いいわ、そのうち、帰って来るわいね。栄さんに余計な迷惑かけたないし、黙っといて」と言った。

轟は昨日は十時頃の帰宅になった。結局、幸子はそのことを話さずじまいで、翌朝、轟が出勤したあと、母親に電話してみると、忠暉はまだ帰っていないという。いよいよ不安になっていた矢先に、砺波署からもたらされた悲報だった。

「警察から連絡があって、お母さんは貧血を起こして、私に電話するのがやっとやったみたい。ほやけど、私がこっちに来る時は、大丈夫やから心配せんといてって言っとった」

この期《ご》に及んでも、婿に迷惑をかけたくないというのは、親心なのだろう。

この後、遺体は富山市の県立中央病院へ搬送して、司法解剖は明日行うというので、ひとまず帰宅することになった。通夜も明日の夜ということになる。

克子の容体は回復していて、轟夫婦が帰った時はすでに覚悟ができている様子だった。轟の報告を、黙って頷きながら聞いて、「何しとったんやろうねえ」とだけ呟いた。四十年近く連れ添っても、まだ理解しきれていない部分があったことを、その呟きは物語っているように思えた。

次の日は、通夜の手配を済ませ、近所の世話役に留守中のことを頼んで、克子と真純と勇人も連れて、五人で富山へ向かった。病院で、克子は変わり果てた夫の亡骸《なきがら》を見て、初めて涙を流した。

ちょうどその頃、忠暉の車が小矢部川サービスエリアで発見されたという情報が伝わってきた。

司法解剖の予定は遅れに遅れて、午後からになった。目立った外傷は後頭部の殴打痕と、崖を滑り落ちる際に負ったと思われる軽い打撲と擦過傷《さっかしょう》のみ。薬物の使用は認められず、やはり死因は溺死であった。

轟たちは、解剖の結論が出るまで控室で待って、遺体を搬送する車の手配を終えてから帰途についた。

途中、克子が遺体発見の現場を見たいというので、砺波で寄り道をすることになった。花束を買い、庄川のダムへ向かう。誰もが疲れきって、ダムに着くまで、会話らしい会話はなかった。ときどき、克子が「何しとったんやろうねえ」と呟くのが、たまらなく耳障りだった。

克子の気持ちは、そのまま轟自身の思いでもあった。忠暉が「何をしていた」のかは大きな謎だったし、それに対して、自分が何も行動を起こさなかったことが、取り返しのつかない怠慢だったと思うのだ。

忠暉が須賀家を訪れたと、浅見から聞いた時点で、忠暉にそのわけを尋ねるくらいのことをするべきだった。もしも相手が赤の他人だったら、ごくフランクに訊いていたにちがいない。

国道471号に左折する手前で、警察の人員輸送車とすれ違った。捜索作業は終わったらしい。

庄川に架かる藤橋を渡って、木に覆われた暗い坂道を上って行くと、右手に湖が見えてきた。さらに行くと前方に白っぽい車が停まっている。警察関係か、あるいは報道関係の車両かもしれない。新聞社だと面倒だな——と思いながら、車を停めた。

なるべく相手と目を合わせないようにしようと思い、ほかの者たちにもそう言った。

車を出て、目印の杭を探しながら、視線を落として歩いた。杭は見つかったが、白い車のすぐ手前だ。その車のドアが開いた。否応《いやおう》なく視線を上げることになる。車からは男が出て来て、「どうも、このたびは……」と頭を下げた。

「あ、あなたは、浅見さん……」

轟は挨拶も忘れ、絶句した。いま、この世で最も会いたくない相手であった。

第五章　迷宮への道程

1

　轟がこっちを見て「あっ、あなたは、浅見さん……」と言った時の表情は、決して嬉しそうなものではなかった。驚きと同時に、あたかも借金取りにでも出会ったような、間の悪さを思わせる戸惑いが見えた。

　そういう轟の様子と、五人の「家族」を見れば、いまさら何も訊かなくても、すぐに被害者と彼らの関係を理解できた。

「このたびはどうも、思いがけないことでしたねえ」

　浅見はこの手の挨拶が最も苦手だ。感情を込めて言うと涙が出てきそうだし、かといって、あまり空々しい言い方もできない。

「新聞で事件のことを見て、びっくりして飛んで来ました。亡くなられた『大脇』さんという方は……」

「家内の父です」

　轟は逃れられないと観念したように、背後の家族を振り返った。

「これは家内の幸子と娘の真純と息子の勇人、それから家内の母の克子です。こちら、ルポライターの浅見さん。安宅の関の事件で、取材に見えた方だ」

それぞれと挨拶を交わして、浅見は白木の杭を指さした。

「ここが大脇さんを……」

言いかけて、どういう言い方をすればいいのか迷った。「投げた」ではぞんざいすぎるし、「遺棄した」では無機質だ。語尾を濁して誤魔化《ごまか》すことにした。それで通じるところが日本語のよさでもある。

「こんな寂しいところでねえ。かわいそうに……」

大脇未亡人が花束を供えて、跪《ひざまず》いたまま合掌した。ほかの四人と、それに浅見も一緒に合掌して、長いこと祈りを捧《ささ》げた。

「ここでお会いするとは、思ってもいませんでした。明日にでも小松署のほうに伺うつもりでいたのです」

浅見は言った。

「というと、自分に会いに、ですか？」

「ええ、もちろん。いろいろお話をお聞きしたいのです」

「話というと、何を話せばいいんです？」

「大脇さんの人となりや、交友関係、ここ最近の行動などをお聞かせいただければと思っています」

「何のためにですか？　自分から話を聞いて、どうするつもりですか？」

記事ネタなどにされてたまるか——という強張った姿勢が感じ取れる。

「それは……」

轟の背後にいる四人の「遺族」は、言い合わせたように浅見の顔に視線を向けている。どの顔も、不安と好奇心をない交ぜた表情だ。彼らの気持ちを察し、この場に相応《ふさわ》しい話題ではないと思いながらも、浅見はあえてはっきりと宣言した。

「事件を解決して、大脇さんの無念を晴らすためです。それには轟さんやご家族のご協力がぜひとも必要です」

「えっ……」

よほど意表を衝《つ》かれたのだろう。轟は驚きの声を上げ、背後の四人もたがいに顔を見合わせている。

「あの……」と、大脇未亡人が言った。これも予期していなかったことらしく、轟は（何を言いだすのか？——）という目で、義母を見つめた。

「あんたさんは、主人を殺した犯人が誰がか、知っておいでるんけ？」

「いいえ」

浅見は微笑を浮かべて、首を振った。

「それはまだ、何も分かっておりません。これから轟さんとご相談して、真相を究明したいと思っています」

「浅見さん、無茶言ってもろたら困りますよ。真相究明は警察がやることです」

轟が難色を示した。

「もちろんそうですが、これまでの経験から言うと、警察も気づかないことが、往々にしてあるものなのです。最後は警察に仕上げをやってもらうにしても、素人は素人なりに知恵を出すくらいのことはできますよ」

「素人さんが何をしようと勝手やけど、自分は警察官です。自分を巻き込むようなことはせんといてほしいですわ」

「いいえ、轟さんを巻き込むなどとは思ってもいません。そうでなく、僕を轟さんの捜査に巻き込んでいただきたいのです。必ず役に立ってみせますから」

「役に立つって、どうやって役に立つつもりですか？」

「たとえば、須賀さんのことなんかどうでしょうか」

「………」

　轟は明らかに動揺した。

「それと、仙台の水城さんという人のことなども、参考になると思いますが」

「水城……どなたです、その人は？」

「ですから、そういったことについて、お話ししたいと思っているのです。轟さんばかりでなく、警察にとっても、捜査を進めるに当たって有意義なはずです」

「そう言われてもですね、自分はあくまでも警察の人間です。民間の方と組んで仕事をする立場にはないわけでして」

「組んで仕事をするわけではありません。単にお話をお聞きする場を設けていただきさえすればいいのです。おたがいの情報を交換する場とお考えください」

「いや、だめですわ。捜査上の情報をリークするなどはとんでもない。第一、あなたの目的が何なのかさっぱり分からん。いったい、わざわざ東京からやって来て、何をしようと考えとるんですか？　雑誌にでも売り込もうというんですか？」

「いいえ、僕はもっぱら旅関係のルポを書く仕事をしている人間です。事件を取材して記事にする気など、毛頭ありません。あえて目的を言うなら、そうですね……さっきも言ったように、大脇さんの無念を晴らして、正義を行うことでしょうか」

「正義……そんな……」

青臭いことを——と言いたげに、轟はわずかに頰を歪《ゆが》めた。

「栄さん」

未亡人がおずおずと言いだした。

「この人が正義言うとるんやったら、話を聞いて差し上げたらいいんじゃないけ。なんも悪いことをするわけやないし」

「そうや、あんた」

轟夫人も脇から声を発した。

「とりあえず、うちに来てもろたらどうやろ」

「仕事のことに口出さんといてくれ」

「黙っとれんわいね。仕事って言ったって、私のお父さんが殺された事件ねんから、いつもとは話が違うわいね。ちょっとでも参考になるお話を聞けるんやったら、お聞きしたらいいんでないが。何でそんなに頑固にならないかんの？」

「分かった、分かった」

轟はついに、煩《うるさ》そうに手を振った。

「こんな議論しとる場合でないし。そろそろ急がんと、お棺《かん》のほうが先に着いてしまうがいや。ほしたら浅見さん、何はともあれうちに来てください。今夜はお通夜やから、お構いはできんし、話もできんと思うけど、こう煩く責められたらかなわん。車について来てくれたらいいけど、もしはぐれても、この住所を探して、近くで轟と言えばすぐに分かります」

名刺の裏に住所と電話番号を書いて、浅見に渡した。

轟は慌ただしく車をUターンさせて、坂を下った。急いではいるけれど、警察官だけに無茶なスピードを出すわけにはいかない。ついて行くのに不安はなかった。

小松市内に入った頃に長い日は暮れた。轟夫婦は母親と一緒に先に大脇家に寄って、町内の世話役の人たちに礼を言ったり、通夜の段取りをする。浅見の車は大脇家の車庫に入れてくれた。

浅見はひとまず、幸子と子供たちと一緒に轟家に向かった。轟家では轟の両親が出て来るのと鉢合わせになった。両親はふだんは砺波市のほうに住んでいて、ほんの五、六分前に到着したところだという。

「留守にしとるさけ、どうしていいんか分からんかったがいや。大脇さんとこへ行こうか、思ったところや」

父親は玄関で嫁の顔を見るなり文句を言ったが、背後に浅見がいるのに気づいて、ばつが悪そうに「なんや、お客さんけ」と笑顔を見せた。

「栄さんのお知り合いで、東京からおいでた浅見さんとおっしゃいます。ルポライターをしておられる方です」

轟夫人が紹介した。

「ほう、ルポライターさんなんや……」

父親はかすかに眉をひそめた。ルポライターという職業に対して、あまりいいイメージを抱いていないようだ。

「ルポライターと言っても、『旅と歴史』という雑誌に記事を書いているのです」

　浅見は「旅と歴史」の肩書のある名刺を差し出した。

「ああ、『旅と歴史』かいね。あれやったら、わしもちょくちょく読んどりますよ。こないだの、天海僧正《てんかいそうじょう》の話は面白かったですね」

「あ、あれは僕が担当したものです」

「ほうですか、あんたさんが……あ、こんなところでは何やし。ま、どうぞ上がってください」

　客間に招《しょう》じ入れて、

「申し遅れたが、私は栄の親父の洋一、こっちは家内の富江です」

　妻を引き合わせ、ついでに「お茶をな」と命じた。洋一は還暦を越えたぐらいだろうか。この年代にしては大柄で、顔の色つやもよくバイタリティがありそうだ。夫人や嫁に対する言葉つきから察すると、相当なワンマンの印象がある。

　通夜が行われる大脇家に行くつもりのように見えたのだが、突然の客と「天海僧正」に関心を奪われたのか、座卓の前に胡座《あぐら》をかいて、すっかり落ち着いてしまった。

「天海僧正の話」というのは、これまで若い時代の事跡があまりはっきりしていなかった天海の、少年期から青年期までの生きざまを、フィクションをまじえて描いた、一種の仮想ドキュメントといったものだ。「随風《ずいふう》」と名乗った修行時代の天海が、旅の途次、若き日の明智光秀《あけちみつひで》や羽柴秀吉《はしばひでよし》と出会う場面などを、いかにも史実のごとく書いた。

洋一はよほど気に入ったのか、「あの着眼点がじつにユニークでしたなあ」などと褒めそやした。

「ところで、大脇さんというのは、どういうお人だったのでしょうか？」

浅見は話の途切れたチャンスを捉《とら》えて、訊いた。

「ん？　大脇さんですか？　そうやねえ、まあ、立派な人やったと思いますよ。人付き合いは上手なほうでないけど、穏やかな人やった。町内ではこまめに動いとったけど、わしとちごて、あんまり外を出歩くようなことをせん、どっちか言うと、内向的な性格やったかしれんわねえ。人と争うことはせんかったし。少なくとも人さまに恨まれたりするようなことは考えられん人やった。警察では、強盗にやられたという話をしとったようやけど……」

「いえ、それはまだ分かりませんよ。怨恨《えんこん》の可能性もあるはずです」

「怨恨？……ほうかなあ。それはないと思うんやけど。かりに恨まれたとしても、大脇さんは今年、確か喜寿を迎えたとこです。こんなことを言うのも何やけど、あと何年か、長くても十年もすれば、天寿を全うする人を、何も殺すこたないわいね。そうでないですかね？」

「おっしゃるとおりですね」

浅見は頷いたが、洋一の言葉はある意味、含蓄と示唆に富んでいると思った。彼の言うとおり、大脇忠暉の寿命はどれほどあったとしても、いずれにしても晩年である。黙っていてもやがて世を去る人だ。それを殺すというのは、それなりの急ぐ（！）目的があったからではないのか。

（そうだ、犯人には、何か緊急に大脇を消さなければならない理由か事情があったにちがいない——）

浅見はほとんど確信に近くそう思った。その事情のどこかに、須賀の事件が関連しているのではないか——と思った。

どこかで電話が鳴って、幸子が顔を覗かせた。

「お義父《とう》さん、お坊さんがおいでたから、はよおいでってて」

「おお、そうじゃったたな」

洋一は慌てて腰を上げた。轟の両親と幸子と真純と勇人と、それに浅見もくっついて大脇家へ向かった。この辺りは住宅街だが、街灯が整備されていて、夜道も明るい。航空自衛隊の基地があること以外、小松市の主たる産業は何か知らないが、財政的には恵まれているのかもしれない。

大脇家の前はテントが張られ、電灯も灯《とも》され、ひときわ明るい。テントの中にデスクを置いて、町内の人が受付をしている。弔問客が次々に訪れて、狭い玄関に人溜《だ》まりができていた。

二間《ふたま》ぶち抜きの大きな座敷の正面に祭壇が設けられ、白布に覆われたお棺が横たえられていた。すでに座敷いっぱいに弔問客が並び、遅れて来た轟家の人々が席に納まるのを待っていたように、読経が始まった。浅見は座敷の端に近いところに神妙に坐った。

セレモニーが終わって、人々が三々五々、引き揚げて行った後も、ポツリポツリと弔問の客が訪れる。茶菓が出され、故人の思い出話が語られ、通夜はいつ果てるともなく続いた。

午後十一時過ぎになって、そろそろお客が絶えようという時、中年の夫婦が訪れた。大脇未亡人の克子が「あ、崎上《さきうえ》さん」と玄関まで出て挨拶している。

「どうもこのたびは、とんだことで……」

崎上と呼ばれた紳士は、克子の手を取らんばかりにして悔やみを言った。

「遅なりました。ちょっと出張しとったもんですから。戻って来て、家内から今夜がお通夜と聞いて、急いで参りました。大脇さんがこんな亡くなり方をするなんて、まったく何と言ったらいいのか、残念です」

脇にいる夫人ともども、ハンカチを出して涙を拭《ぬぐ》っている。大脇の死を心底、悼《いた》んでいる気持ちが伝わってくる。克子もまた涙を誘われて、「どうぞ、参って上げてください」と二人を祭壇の前に先導した。明らかに、これまでの弔問客とは異なる対応をしている。どういう間柄なのか、浅見は興味を惹《ひ》かれた。

轟がテントの人々の労をねぎらって戻って来るのを摑まえて、浅見は訊いた。

「あそこで大脇さんの奥さんと話しているお二人は、どういう方ですか？」

「さあ、よくは知りませんが、義父の銀行時代の部下の人とちがいますかね」

「お話を聞いてもいいでしょうか？」

「ん？　あの人たちにですか？　そうですな、構わんでしょう」

二人して話に参加することにした。

客の夫婦は「崎上進吾《しんご》」と「ゆかり」と名乗った。ご亭主の名刺には「賀能銀行取締役調査部長」の肩書がある。銀行の役員をしているということか。

「大脇さんにはぺーぺーの頃からずっと面倒を見ていただいた者です」

崎上は腰の低い、見るからに温厚な人柄を思わせる風貌《ふうぼう》の持ち主だ。隣のゆかり夫人も優しい目に涙を溜めた、人のよさそうな女性であった。

「いえいえ、こちらこそ、主人が辞めてからも変わらずにお付き合いいいただいて、ほんとに感謝しとるんですよ」

克子が涙ぐんだ目で言った。

「何をおっしゃいますか。感謝せんならんのは私のほうです。銀行の人間——いや、人間はどうあらねばならないかということを、口癖のように教えてくれた唯一の人です。お辞めになってからも、お手紙などをいただいたり、ついこのあいだも、近いうちに一緒に飲もう、ぜひ話したいことがあるとおっしゃっておいでたのに……じつに残念です」

「それは……」

浅見が口を開くのと、轟が身を乗り出すのと、同時だった。轟がチラッと視線を向けるのに気づいて、浅見は遠慮した。

「それは、いつのことですか?」

轟は訊いた。浅見が訊きたかったのと同じ質問だった。

「つい三、四日前のことです。私が出張があるので、それから戻ったら会いましょうということになっていたのですが……」

崎上はしきりに首を振って、残念がってみせた。

2

崎上の話によると、電話の時の忠暉の声はどことなく元気がなかったという。崎上が出張だと言うと、「ほうか」と落胆していたそうだ。

「それじゃ、間に合わんかな——というようなことをおっしゃってましたから、何か急ぎの用があったのかもしれません」

「ほうっ……」

轟は浅見と顔を見合わせた。

「出張から帰ってからでは間に合わないという意味ですね？」

「だと思います」

「何だったんですかね？　どういう用件が考えられますか？」

「さあ……何か融資のご相談かなと思ったりしたんですが」

「融資の相談ですか」

浅見が言った。

「というと、大脇さんのお宅で、何か緊急に資金が必要なことがあるとか、ですか？」

「どうなんですか、お義母《かあ》さん？」

轟が克子に訊いた。

「なーんも、そんなことは聞いとりませんよ。うちは、べつに、いま必要なお金なんてないですよ。」

幸子は何か聞いとるけ？」

「ううん」

轟夫人も否定した。

「出張は何日間の予定だったのですか?」

浅見が訊いた。

「三泊四日です。東京の財務省と日銀に出向く用事がありまして」

「えっ、四日間だけなのに、それでは間に合わないというと、まさに急ぎの用件だったことになりますね。その四日間のあいだに、いったい何があったんですかね?」

誰にも答えが分からない疑問だった。

「それと、その用件を話したい相手が、なぜ崎上さんでなければならなかったのか——という疑問があります」

浅見が言い「なるほど」と轟も頷いた。

「大脇さんと崎上さんは、そんな風に、ときどき会って飲んだり、お話をしたりする間柄だったのでしょうか?」

「いや、それはありません。親しくしていただいていると言っても、大脇さん自身、あまり人付き合いがお好きなほうではなかったこともありますし、時候の挨拶の手紙をやり取りする程度でした。ごくたまに、金沢に出て来られた際、私の都合と合った場合に、年に一度か、二年に一度くらい、飲みに誘っていただくことはありましたが」

「最近ではどうでしたか? 最後にお会いになったのはいつ頃ですか?」

「さあ、いつ頃やったですかねえ……」

崎上は視線を宙に彷徨《さまよ》わせた。それくらい記憶にないということか。その大脇がにわかに連絡してきて、すぐにでも会いたい様子だったというのだから、よほど緊急の用件があったにちがいない。

夜も更けていたこともあって、崎上夫妻はそれから間もなく辞去した。親族だけが残って、しばらくは気抜けしたような雰囲気が漂う中、ぼんやりと時間が流れた。

「そろそろ、浅見さんには休んでいただかなければなりませんね」

轟が言って、腰を上げようかという時、克子が「何でですかなあ」と呟いた。

「何が？」

幸子が聞きとがめて、訊いた。浅見も轟も克子の顔を注視した。

「たいしたことでないんやけど、崎上さんの言うとったことと、少し違うし、何でかなあって思ったんや」

「何が違うが？」

「お父さんと、めったにお付き合いはないって言うとったでしょう。それはほうなんだけど、お父さんのほうから、電話はときどきしとったがや」

「それは、さっき崎上さんが言っとったがいね。一緒に飲もうっていう電話をもらったって」

「ああ、あれはついこのあいだのことやろ。その時は最初、お父さんのほうから電話したんやけど、崎上さんは留守しとったもんで、しばらくして、崎上さんから電話してくれたがや。その電話を私が受けて、お父さんを呼びに行って、そしたら、そういう話をしとったんや。ほやけど、そうでなくて、ほかにもお父さん、崎上さんに電話しとったことがしょっちゅうあったがや。崎上さんと電話で話しとるところを、私は何度も聞いとるんやもんの。そういうこと、崎上さんは何で言わんかったんかと思って」

たどたどしい喋り方だが、克子の言わんとしている意味は分かる。崎上はあたかも、大脇とのコンタクトそのものが、年に一度か二年に一度しかなかったような言い方をしていたのだ。

「そういう時の電話では、ご主人はどういう話をしておられましたか？」

浅見が訊いた。

「話の内容は難しいことを言っとったし、そんなに注意して聞いとったわけじゃないから、はっきりしたことはよう分かりませんけど、銀行の様子を訊いとったみたいです。何やら心配やて言っとったのを耳にしたことがあります」

そういった電話があったことを、崎上はなぜ言わなかったのかが不審に思えた。三、四日前の電話については、その電話を大脇夫人が取り次いでいるので、隠すわけにいかなかったから、やむを得ず話した──と見ることもできる。だとすると、大脇は崎上にしばしば電話していたのであって、その内容は、崎上としてはあまりオープンにしたくないものだったのかもしれない。

克子と幸子が台所に去って、轟と浅見が二人だけ、仏前に残った。

「大脇さんが横須賀の須賀さん宅を訪れたことと、この事件との関係ですが、轟さんはどう思いますか？」

浅見は訊いた。

「さあ、自分にはまだ何も分かりませんが、関係はないでないですか」

「どうしてそう思うのでしょう?」

「どうしてって、関係があるとする根拠がないじゃないですか」

「おかしいですね」

浅見は首をひねって、冷ややかな口調で言った。

「轟さんはなぜそんな風に、大脇さんの行動を隠《いん》蔽《ぺい》しようとするのですか?」

「自分は隠蔽などしとりません」

「では訊きますが、大脇さんが須賀さん宅を訪ねた事実を写真で確認していながら、奥さんのお父さんであることを僕に隠そうとしたのはなぜですか」

「それは……」

轟は反論しようとする気配を見せながら、結局、何も言う言葉を見いだせないまま、黙ってしまった。

「僕がこれまでに知り得たデータをもとに、大脇さんと須賀さんの関係を想像してみたのですが、それをお話ししましょうか」

「……」

「大脇さんと須賀さんの関係は、たぶん、半世紀以上も昔の内灘繋がりですね」

「……」

「内灘闘争というのがあったことは、地元の轟さんですから、当然、ご存じのはずですよね。大脇さんと須賀さんは、その闘争の同志だったと考えられます」

「いや、それは違う。違いますよ」

轟は強く否定した。それは逆に、大脇と須賀の関係を知っていると告白するようなものだ。浅見は思わず笑ってしまったが、轟もそれに気づいて、苦笑した。

「確かに、義父と須賀さんが知り合いだった可能性は認めますがね。しかし同志だったわけではない。それどころか、敵味方の関係でした。義父は内灘闘争の頃、北陸鉄道の浅野川線で運転士をやっとりましたからね。米軍の物資を運ぶほうの側だったのですよ」

「あ、そういうことでしたか」

浅見はようやく理解した。

「それで轟さんは、大脇さんが須賀さんと関係があることを伏せようとしたのですか。須賀さんの事件に大脇さんが関与している可能性があると心配されて。しかしそれはたぶん思い過ごしだと思います。かりに浅野川線の運転士をしていたとしても、労働者として、やむにやまれぬ思いで闘争を支援したかもしれないじゃないですか。現に内灘町史には、浅野川線の労働者が、基地反対闘争に呼応して、列車を停《と》めるストを敢行したと書いてありましたよ」

「えっ、そうだったんですか……じゃあ、義父はその闘争に参加していた可能性があるのですね」

「おそらく……いや、間違いなく、大脇さんと須賀さんは、同志として、一緒にスクラムを組んでいたのだと思いますよ」

「そうか、それなら義父が北陸鉄道を退職した理由も納得できます」

轟は得心したように頷いたが、すぐに「いや、しかし、待ってくださいよ」と首を横に振った。

「その後、義父はしばらくして、当時はまだ信用金庫だった、現在の賀能銀行に入ったのだそうです。信用金庫といえども、労働者側とは対立する側にあるでしょう。過激な闘争を行った人間を雇い入れるとは考えられませんね。やはり須賀さんと義父が同志だったなんて、あり得ないことですな」

「なるほど……」

確かにそれは轟の言うことのほうが正しいように思える。浅見はイデオロギーにはおよそ無縁だし、ことに昭和三、四十年代の政治闘争の激しい時代のことは、歴史上の出来事として認識している程度に過ぎないが、反米闘争の担い手である若者――しかも、賀能銀行本店のある金沢とはつい目と鼻の先で繰り広げられた内灘闘争の「闘士」を、資本家側が雇うというのは不自然であることぐらいは推測できる。

「そうは言っても、大脇さんがなぜ須賀さん宅を弔問に訪れたかは、やはり気になることだと思うのですが、警察はその点について、どう考えているのでしょうか？」

「いや」と、轟は首を振った。

「警察はその事実を把握していません。自分が知っとるだけです」

「えっ、じゃあ、轟さんの手元で握りつぶしているということですか。そんなことをして、それで、どうするつもりですか。大脇さんの行動を調べないのですか」

「………」

轟は黙った。

「須賀さんの事件との関わりはともかくとして、

大脇さんの事件を調べようとすれば、いやでも事件前の大脇さんの行動を探らなければならないでしょう。当然、砺波署の捜査本部では、その方向で動こうとするにちがいありませんよ。それでも、轟さんは、大脇さんが須賀さん宅に行ったことを伏せておくつもりなんですか？」

「砺波署の捜査で、義父が須賀家を訪れていたことが分かったとしたら、それはそれで仕方のないことです。しかし、自分の口からその事実を警察に伝える気にはなれない」

「砺波署がその事実に気づかない可能性のほうが大きいと思いますね。もし気づかないとしたら、教えてやるべきじゃないですか。轟さんがそうしないなら、僕が捜査本部に出向きますよ。それでは具合が悪いでしょう」

「いや、それもまたやむを得ません。自分だって、義父がなぜ須賀さん宅へ行ったのか、知りたい気持ちはあるんです。義父がいったい何を考えて、須賀さんのお宅や、それに仙台……そういえば浅見さん、あなた、水城さんとかいう人の名前を言っとりましたね。義父が仙台へ行くと言っていたのは、その人と会う目的やったんでしょうか」

「あ、大脇さんは仙台にも行っていたのですね。まさにそのとおりです。しかし、水城さんはとっくに亡くなっている。それも半世紀以上も昔のことです」

「えっ？　そんなに？……確かに友人が亡くなっていたということは、義父から聞いていましたが……」

「ええ、水城さんが亡くなったのは、まさに内灘闘争のさなかですよ」

浅見は中島峰子から聞いた話を、かいつまんで話した。

「つまり、須賀さんと水城さんは、内灘闘争でともに戦った同志だった。そしてもう一人、水城さんとスクラムを組み、水城さんの死を目の当たりにした人物がいたはずなのです。僕はその人こそ大脇さんだったと信じています。大脇さんが水城さんの墓に詣《もう》で、須賀さんのお宅を弔問したというのは、それを裏付けるものではありませんか」

「しかし……」

轟はその事実を認めるのに、さらに難色を示した。闘争グループと対立する関係にある北陸鉄道浅野川線の従業員が、共闘するはずがないという点と、かりにそうだったとしても彼らの仲間が退職後、賀能銀行に転職できたはずがないという、固定観念が立ちはだかっているのだ。

その疑問は浅見にもないわけではない。ことに銀行が大脇を雇い入れたという点が腑《ふ》に落ちないのは確かだ。

「賀能銀行は地元の企業ですし、当時はまだ信用金庫レベルだったから、人事にはコネがものを言ったのじゃないでしょうか」

「そういうことですかねえ……」

それは轟も否定できない様子だ。

「もしそうだと仮定すると、同志だった須賀さんと大脇さんが相次いで、しかも内灘を挟むような場所で殺害されていたのですから、そこに何か相関関係があったと考えるべきだと思いますが」

浅見はまた力を得て、強く主張した。しかし、轟はそれでもなお、首を振る。

「かりに内灘闘争時代に仲間やったとしても、すでに半世紀以上を経ている話でしょう。それと今回の事件が繋がるとは、とても思えませんけどねえ。それ以来、須賀さんと義父とのあいだにも、まったく付き合いはなかったと見られる状態ですしねえ」

「半世紀経っても変わらないものがあったのかもしれませんよ」

「どういうものですか？」

「それは分かりませんが、たとえば気持ちだとか、憎しみだとかは案外、変わりませんからね。まして、水城さんという人が闘争のさなかに亡くなったという事実は、未来永劫《えいごう》、変わることはありません。そこで、犯人が、須賀さんと大脇さんの共通の知人で、しかも内灘闘争関連の人物だとするのはどうでしょうか」

「まあ、仮定の話としては絶対にないとは言えませんが」

「だったら調べてみる価値はあるでしょう」

「うーん……それは確かに、自分も調べたほうがいいとは思うんやけど……しかし、義父がどのような関わり方をしていたのかを考えると、自分から行動を起こそうという気にはなれんがです。臆病《おくびょう》と笑ってもらっても結構。だから、むしろ浅見さんにその先のことを調べて……そうだ、浅見さんがやってくれたらいい」

ふいに妙案を思いついたように、轟は力感のある口調になった。

「浅見さん、この件はあなたが独自に捜し出したことなんやから、この先も浅見さん一人で調べてくれるといいんです」

「そんなのは無理ですよ」

浅見は呆れた。

「漠然とした範囲で想像を巡らすのは素人の僕でもできますが、ここから先、個別に話を聞いて回るのは、警察の公権力を行使しなければできない話です。もちろん僕だって乗りかかった船ですから、協力を惜しむものではありませんよ。もし轟さんが動くとおっしゃるならいつでも……そうですよ、警察でなくても、轟さんが動いてくれればいいのです。どうなんですか、お義父さんが亡くなったのですから、何日か休暇が取れるのではありませんか？　たとえ一日でも二日でもいいですから、僕を連れて聞き込みに回りませんか。あくまでもプライベートな立場だとすれば、問題にはならないと思いますが」

「えっ、聞き込みって、どこを聞き込みするんです？　安宅の関周辺も内灘周辺も、それに庄川のは現場周辺も、警察の聞き込みが続行中で、そんなところに出没するわけにはいきませんけど」

「聞き込み先は仙台と三浦半島です」

「は？……」

轟は意外そうに反応した。

「大脇さんが二泊三日も家を空けてお出かけになるにしては、仙台の水城さん宅と三浦半島の須賀さん宅の弔問だけでは、時間がかかり過ぎでしょう。かといって、物見遊山《ものみゆさん》の旅行だった様子はない。いったい、訪問先で大脇さんが何をしていたのか、どこへ行ったのか、本当の目的は何だったのか、そういったことを、少し調べてみたいのです」

「ほうっ……そこで何か発見できそうなんですかねえ？」

「たぶん。それともう一つは、さっきの崎上さんですね。大脇さんの奥さんの話だと、大脇さんはちょくちょく崎上さんに電話していたと見られます。それなのになぜ崎上さんはそのことを伏せようとしているのか、それが大きな疑問です。ところで、轟さんの公休は何日取れるのですか？　仙台の水城家は、私人の僕一人でも何とか相手にしてもらえるでしょうが、三浦半島での聞き込みは、どうしても轟部長刑事が主体になります」

「公休はたぶん、明日の告別式のあと二日は取れると思いますが、必要なら、有給休暇を取ればいいです」

轟はようやくその気になりつつある。

「三浦半島の聞き込みというのは、義父の立ち回り先を調べて歩くわけですか。しかし、何か目当てはあるのですか？　でないと、ただ漠然と歩き回っても徒労に終わる可能性がありますよ」

「一つだけ、あるにはあるのです。須賀さんは温厚な人柄で、付き合いも広くないし、他人と争うようなことは、およそ考えられない人だったそうですが、ただ一つ、三浦半島で進められているゴルフ場建設には強く怒っていました」

「ゴルフ場？……それと義父とどういう関係があるんですか？」

「それは分かりません。ただ単に、須賀さんが外部と軋轢《あつれき》を生じそうな事柄といえば、その程度のことだというだけです」

「須賀さんがそうだとしても、三浦半島のゴルフ場と義父が結びつくとは考えられませんけどねえ」

「確かにそうですね」

浅見もあえて逆らわない。浅見にしたって、とくに思惑があるわけではないのだ。ほかに何も手掛かりがないから――という、消極的な理由でしかない。

3

翌日の夜、浅見と轟は東京のホテルに入っている。大脇忠暉の葬儀は午前中で終わり、轟は「お清め」の席を中座して、浅見のソアラで東京へ向かったのだが、親戚《しんせき》連中の評判はすこぶる悪かった。喪主を補佐するべき立場の人間が、さっさと消えてしまうなどというのは、聞いたこともない――と陰口を叩かれたという。

しかし、それを無視してでも、事件の真相を解明しようと、轟は腹を決めている。浅見が損得抜きで事件にのめり込んでいるのを、ようやく理解してくれたようだ。

長い道中、浅見は轟から、須賀智文が殺された事件での警察の捜査状況を説明してもらった。警察は依然として強盗殺人事件を本線としているのだが、発生以来、すでに一カ月を経過した現在も、例の、浅見が発見した浅野川線車内での目撃情報以外、事件解決に繋がる手掛かりとなるようなものは一つとして、見いだしていない。捜査本部の焦りの色が濃くなってきた矢先に起きた、大脇忠暉の奇禍であった。

「今日はゆっくり英気を養って、明日の朝、須賀さん宅へ行きましょう」

ホテルのレストランで遅めの夕食をともにして、浅見は帰宅した。さすがに連日の長距離ドライブで疲れていた。須美子が「坊っちゃま、どうなさったんですか?」と驚くほど、冴《さ》えない顔でげっそりしていたらしい。

翌朝、九時に轟を拾って三浦へ向かった。この日は日曜日で、須賀家には電話で告げてあったから、全員が顔を揃えていた。弔問に訪ねて来た大脇忠暉が、智文と似たような状況で殺害されたということと、轟が大脇の娘婿《むすめむこ》であると聞いて、二重に驚いた。

「おそらく、智文さんと大脇さんは、五十何年か前、内灘闘争の時に知り合いだったと考えられるのです」

浅見はその推論に至るまでの経緯を、かいつまんで説明した。

「それで、お訊きしたいのですが、大脇さんがこちらに見えた時、智文さんのご仏前にお参りした後、どんな話をしてましたか?」

「どんな話って……」

春男・幹子夫婦は、一様に顔を見合わせて、当惑げに首を傾げた。

「大脇さんは智文さんとどういうお知り合いかといったことについては、何も話さなかったのでしょうか?」

「ああ、それは一応、お訊きしましたが、以前、お世話になったというふうなお答えだったと思いますよ。内灘だとか、五十何年も前だとかいったことはおっしゃっていませんでしたね。あとは世間話を少しした程度で帰られました」

「世間話と言いますと？」

「三浦半島は、気候が温暖で、風景もきれいで、いいところだというようなことです。ああ、そういえば、父がゴルフ場のことで怒っていた話をしましたね」

「ほうっ……」

浅見は反射的に轟と目を見交わした。

「それはまた、どういうきっかけでゴルフ場の話になったのでしょうか？」

「大脇さんが、この辺りはゴルフ場が多いのでしょうねとおっしゃったので、そんなに多いというほどではないけれど、最近、新たにゴルフ場を造る話が進んでいて、それについては父が怒っていたと言ったのです」

「そのお話は、僕も智文さんからお聞きしましたが、智文さんは、だからといって、積極的に反対運動に参画しようとはなさらなかったのだそうですね」

「ええ、父はそういう、徒党を組んで何かことを起こそうとか、そういうことが苦手だったようで。それが、五月に入る頃になると急に、そうも言ってられないくらい、憤慨し始めましたよ」

「急に憤慨し始めたというのは、ゴルフ場のことで、何か変化があったのですか？」

「さあ、私は知りませんが、用地買収が本格化したとか、そういうことじゃないのですかね」

「じゃあ、ゴルフ場阻止の住民運動に参加したのですか?」

「いや、それはぜんぜんでしたが、独りでしきりにぶつぶつ言ってましたね。何とかしなくちゃいけないとか。しかし結局、何もしなかったし、何かを始めるようにも見えませんでした。ただ家でじっとしていて、いらいらしていて、そうこうしてるうちに、突然、金沢に行って来ると言って出かけて、ああいうことになってしまったんです」

須賀春男は暗然とした面持ちになった。

「大脇さんにも、そのことはお話しになったのですか?」

「してません。ただ父が怒っていたという話だけです」

「それ以外に、大脇さんから、ゴルフ場がどこに建設されるとか、そういうことを訊かれませんでしたか」

「いいえ、何も。それから間もなく、大脇さんは帰られました」

とはいえ、最初は大脇の側からゴルフ場の話題が出たというのは、重大な事実のような気がする。

「ゴルフ場の建設というのは、現在、どの段階にきているのでしょうか?」

「私は詳しいことはまったく知らないのですが、かなり進んでいるんじゃないですか。すでに会員募集のほうも始まっていると聞いてますから」

「何ていう名前のゴルフ場ですか」

「大層なネーミングですよ。ダイヤモンド・ゴルフコースとかいう。開発主が広告代理店のダイヤモンド・エンタープライズだそうですから、そこの直営みたいなもんじゃないのですかね」

「智文さんは、その会社のことやゴルフ場の進捗《しんちょく》状況などについて、どこから情報を得ていたのでしょう?」

「さあ、べつに情報収集らしいことをしていた様子はありませんでしたけどねえ。せいぜい、出入りの造園業のおやじさんから、何か聞いた程度のことじゃないでしょうか」

「造園業というと、庭師ですか」

浅見の家の庭も、面倒を見てくれる庭師がいる。頼まなくても、季節毎にやって来て、落ち葉を片付けたり、下草を刈ったり、時には小さな木の苗を植えたりする。

「昔は庭師だったのですが、いまはすっかり規模が大きくなって、どっちかというと土木業者に近いですね。父がうちの中庭にある井戸を改修したいと言って、来てもらったのですが、その時に何やらゴルフ場の話題が出たみたいですよ」

「どんな話題ですか?」

「そこまでは聞いてませんでした」

「浅見さん、そこ、行ってみましょう」

それまでほとんど黙っていた轟が、口を開いた。獲物の存在を嗅《か》ぎつけた猟犬が、ふいに立ち上がるような、本能的な刑事の根性が動きだした気配があった。

造園業者は秋谷から横須賀市街地へ向かう途中にあった。須賀春男が言っていたとおり、庭師という規模ではなく、トラクターを保有しているような、かなり大きい造園業を営んでいるらしい。

社長は関谷邦男《せきやくにお》という七十歳近い、いかにも昔風の庭師のイメージだが、息子で副社長の関谷健《けん》太郎《たろう》は対照的に恰幅《かっぷく》のいい壮年だ。実務を切り盛りしているのは、もっぱら副社長のほうで、二人の「刑事」に応対したのも彼であった。石川県の小松警察署から来たと聞いて、不思議そうな顔で、しばらく轟の名刺を眺めていた。

「関谷さんは、須賀さんのお宅の仕事をしているそうですね」

轟が切り出した。

「ええ、やってますよ。しかし、須賀さんのご主人があんなことになって、工事はストップしてますけどね。刑事さん、そのことで、わざわざ石川から来たんですか?」

「いや、そういうわけではないです。お訊きしたいのは、ダイヤモンド・ゴルフコースのことなのです。お宅はそっちのほうの仕事も請け負っているそうですね」

「ええ、そうですけど」

「須賀さんはゴルフ場には反対していたそうなのですが、そのことは聞いてませんか」

「ああ、そうおっしゃってましたね。井戸を見に須賀さんのお宅へ行った時、あんなところにゴルフ場を造るのは怪《け》しからんって言ってました。いや、須賀さんだけでなく、ゴルフ場に反対してる人は多いですよ。反対運動みたいなこともやってます。けど、うちも商売なので、仕事を頼まれれば、断るわけにもいかないもんで……しかし、交換条件に会員権なんか買わされたから、大した儲《もう》けは出ません。そこへもってきて、金払いも悪くてねえ。この不景気だから、資金繰りが大変なんじゃないかって噂《うわさ》もあるし。どうしたもんかって、うちでも困っているんです」

　副社長が愚痴《ぐち》る脇から、社長の父親が、そら見たことか——と口を挟んだ。

「だから言わねえこっちゃねえんだ。ゴルフ場の造成工事みたいな、でっかい仕事に手を出すんじゃねえって、あれほど言ったのに、きかねえんだからな」

「いまさらそんなこと言ったって」

「いまさらじゃねえ。前から言ってたじゃねえか。須賀さんだってそう言っていた。あの人は信用組合の理事さんだったから、金融のことには詳しいんだ。ダイヤモンドの資金状態が苦しいことだって、ちゃんと分かってたにちがいねえよ。そうでもなきゃ、うちみたいにちっぽけなところに、ゴルフ場の話がくるはずがねえ」

　親子喧嘩《げんか》が始まりそうな気配だ。

「須賀さんは、ダイヤモンドの資金繰りのことを調べていたのでしょうか」

　浅見が言った。

「調べていたんじゃねえですかね。そうでなきゃ、わしに『やめとけ』なんて言わねえと思いますよ」

「確かゴルフ場の親会社は、ダイヤモンド・エンタープライズという会社でしたね」

「そう聞いてます。東京の大手の広告会社だそうです」

　副社長が答えた。

「ということは、本体のダイヤモンド・エンタープライズの資金繰りが悪くなっているということですか」

「さあ、どうですかねえ。その辺のことはよく知りませんが」

そういうところは、いかにも庭師感覚のおおらかさと言うべきか。

その後、関谷副社長の案内で、ダイヤモンド・ゴルフコースへ行ってみた。驚いたことに、ゴルフ場の施設はほとんど完成しているように見える。須賀春男は「かなり進んでいる」程度の認識だったようだが、実際はそんなのんびりした話ではなかったのだ。クラブハウスは立派なものだし、コースを回っているゴルファーの姿もちらほら見えた。

「すでに営業しているんですか?」

浅見は関谷に訊いた。

「正式にオープンしてるわけじゃないみたいですが、あんな風にお客らしいのをときどき見かけます。けど、施設はまだ完成してませんからね。水道ができてないので、風呂も使えないと思いますよ。すべてが遅れに遅れていて、そんなところから資金繰りが悪いっていう噂になっているんです。ゴルフ場全体の建設は東京の鹿山組《かやまぐみ》がやってるんですが、支払いが滞っているので手を引くとか引いたとかいう話も聞いてます」

「なるほど」

その実情を須賀智文は知っていたのだろうか。だとすると、そのことと事件と、何か関係があるのだろうか。

しかし、かりにそうだとしても、ゴルフ場の建設がうまくいっていないことと、須賀の事件とが結びつく理由は分からない。

関谷副社長を会社まで送り届けて、礼を言って別れかけた時、浅見はふと思いついて訊いた。

「関谷さんのところには、僕たち以外にも、ゴルフ場のことを訊きに来る人はいるのでしょうね?」

「ああ、何人もいますよ。ゴルフ場はいつ頃完成するのかとか、あそこの資金繰りはどうかとか、いろいろ言って来ます。会員権を買ったのはいいけど、さっぱりオープンしないから、心配なんじゃないですかねえ」

「この人は来ませんでしたか?」

ポケットから大脇の写真を出して見せた。関谷は顔を近づけて「ああ、来ましたね」と言った。

「いつ頃ですか?」

「最近ですよ。一週間ほど前じゃなかったですかねえ」

「どんな話をしてましたか?」

「どんなって……ほかの人たちと同じっていうか、刑事さんたちみたいなことを訊いてましたね。やっぱり資金繰りのことが心配なんじゃないですか。けど、この人がどうかしたんですか?」

「いや、そういうわけじゃないです」

浅見は言葉を濁し、不審げな関谷にもういちど挨拶して、車に乗った。

「義父も来ていたんですなあ」

轟は考え込んだ。須賀智文がゴルフ場に関心を持つのは分かるが、大脇忠暉がなぜ聞き込みに来たのか、理由が分からない。

しばらく走ったところで、浅見は車を道路脇に停め、自動車電話で兄陽一郎のホットラインの番号をプッシュした。

「なんだ光彦、急用なのか?」

こっちの番号表示を見て受話器を取ったのだろう、刑事局長はあまり機嫌のいい声ではない。ホットラインを使うのは、ごく特別な場合に限ると言われているのだ。

「頼みたいことがあるんです」

「どんなことだ?」

「横須賀にゴルフ場を造成しているダイヤモンド・エンタープライズという会社の資金状態を知りたいんです」

「ふーん、また何かよからぬ事件に首を突っ込んでいるのか。まあいいだろう。なるべく早く調べてみるよ。今夜、帰る頃までには結果が出ているだろう」

「すみません。よろしくお願いします」

電話を切ると、轟が驚いた顔で浅見をまじまじと見ている。

「ずいぶん親しそうでしたが、どこに電話したんです? 興信所か何かですか?」

「まあ、そんなところです」

「しかし、われわれ警察でも、経済事犯となると、けっこう手間がかかりますよ。県警の捜査二課に頼んでから、一週間はかかるんじゃないですかなあ。いや、もっと遅いかもしれんです」

「ここに頼むと、もっと早くやってくれるんです。ただしその分、借りが生じて、あとあと大変ですけどね」

「どうも浅見さん、あんたはどういう人なんか、ますます分からなくなりますなあ。ただのルポライターとは思えない。いったい何者なんです?」

「ははは、見たとおりの、うだつの上がらないルポライターですよ」

浅見は笑って、車をスタートさせた。

4

陽一郎は例によって深夜の「ご帰館」だった。表で車のドアが開閉する音を聞き、浅見は兄嫁の和子《かずこ》の後から玄関まで出た。

「どうでした?」

顔が合うなり、訊いた。

「まあ待てよ。着替えをするから、十分後に私の部屋に来い」

その様子から察すると、どうやら収穫があったようだ。

兄の書斎に行くと、陽一郎は和服姿になって、デスクに向かっていた。近頃は天下りや「渡り」などで日本の官僚の評判はすこぶる悪いけれど、こと兄に関するかぎり、じつによく働くと感心する。

「光彦はダイヤモンド・エンタープライズについて何をキャッチしたんだ?」

陽一郎は振り向きざま、言った。

「直営のゴルフ場建設で、資金繰りに問題が生じているという噂ですが」

「ふん、それだけじゃないだろう。きみが経済問題だけで首を突っ込むはずがない。何があったのか説明しろよ」

「じつは、最近起きた二つの殺人事件の被害者が、二人とも、そのゴルフ場のことで、聞き込みに動いていた形跡があるのです」

「ほうっ、どういう事件だ？」

浅見は須賀智文と大脇忠暉が殺害された事件のことを、かいつまんで解説した。両方とも単純な強盗殺人事件として捜査されているのだが、実際は複雑な事情のある怨恨《えんこん》による殺人事件と考えられること。そして、その背景には「内灘闘争」という、はるか昔の因縁話が存在するらしいこと。

「内灘闘争か……」

いつも冷徹な陽一郎が、その時ばかりは驚きの色を隠さなかった。

「内灘闘争は私の生まれるかなり前の出来事だが、学生の頃、一種の神話のように語り継いでいる友人がいたよ。左翼の連中にとっては、いい悪いはともかく、一つのケーススタディではあったのだろうね」

しばらく昔を偲《しの》ぶように沈黙してから、おもむろに言った。

「さて、問題のダイヤモンド・エンタープライズの件だが、すでに警視庁の特捜のほうで、内偵が進んでいた。三浦半島に建設中のダイヤモンド・ゴルフコースについては、メインバンクの光友銀行が融資を打ち切り、むしろ貸金の引き上げにかかっている。資金調達のめどが立たない状況を見て、鹿山組が手を引き、そのままだと残りの工事がストップするという騒ぎになった。このゴルフ場は計画段階から会員権の募集が始まっていた。預託金一千二百万、入会金は二百万円だったそうだ。そこに破綻《はたん》の噂が流れたから、会員のあいだに不安が広がった。そこで特捜が動くことになったのだが、最近になって、負債を肩代わりし、新たな融資を行うという銀行が現れて、ダイヤモンド・エンタープライズは息を吹き返したらしい」

「えっ？　僕は経済とか金融のことはさっぱり分からないけど、そんな危険な融資を引き受ける銀行があるんですか？」

「まあ、常識的に言えば、あるはずがないだろうね。難破しかけている泥船に手を差し伸べるようなものだ。しかも資金の潤沢な大銀行ならまだしも、自己資本比率さえ危うい地方銀行だから、何やらキナ臭い」

「あっ……」

浅見は思わず小さな叫び声を漏らした。

「なんだ、どうした？」

「いや、それで分かりました。その地方銀行というのは、金沢の賀能銀行ですね」

「ほうっ、知っているのか。どういうことだい？」

「さっき話した、富山県庄川峡のダムで殺されていた被害者・大脇という人が、かつて賀能銀行に勤めていたのです。しかも大脇氏は、殺される直前、もう一人の被害者・須賀氏の自宅を訪ね、その後、ダイヤモンド・ゴルフコースの周辺を探っていました」

浅見はその間の事情を、さらに細かく説明した。陽一郎は終始、頷くのみで、黙って弟の話を聞いていた。

「被害者は二人とも、かつて金融機関に身を置いていたから、銀行内部のことや、融資の裏事情について詳しいはずです。大銀行でさえ手を引いた相手に、屋台骨の怪しい賀能銀行が巨額の融資を行うというのは、その裏に何があるのか、おおよその察しがついていたのじゃないでしょうか」

「たとえば何があると思う?」

「素人の推測だけど、おそらくキックバック(リベート)みたいなことがあったんじゃないですか」

「うん、そんなところだね」

陽一郎は満足そうに大きく頷いた。

「今回、賀能銀行からダイヤモンド・エンタープライズに行われた融資の金額は六十億にのぼるらしい。過去の融資と合わせると八十五億になる。ところで、賀能銀行の資本金はたったの四十億だ。自己資本比率はギリギリのボーダーラインである四パーセントをはるかに下回る、二パーセント台と試算される。過剰融資どころの騒ぎではない」

自己資本比率というのは、銀行が保有している、他人に返済する必要のない自由に動かすことのできる、文字通りの「自己資金」を、事業や個人に対する貸出金等、総資産で割ったものだ。貸出金は当然、優良なものであることを想定しているが、絶対に安全であるという保証はない。かりにこの貸し出し先のどこかが破綻して、回収不能になっても、自己資本が潤沢なら、銀行本体は何とか持ちこたえるだろうという、最低のめやすが四パーセント以上ということである。

「賀能銀行は、ダイヤモンド・エンタープライズの資産状況から見て、明らかに危険を予測しながら、ずるずると注《つ》ぎ込まざるを得なくなっていたのだろう。表向きはダイヤモンド側の破綻を防ぎ、それまでの貸金が回収不能にならないためには、繋ぎの融資が必要という判断だったにちがいない。これだけの大型融資となると、当然、役員会での了承が前提になるのだが、賀能銀行は黄金井という会長とその息子の社長が牛耳《ぎゅうじ》っていて、ほとんどワンマンと言っていい体質のようだ。会長に逆らう者は誰もいないのだろう。そうは言っても、抵抗がまったくなかったとも思えない。まかり間違えば銀行自体が破綻するのは目に見えているのだからね。そういう中でも、あえて融資をゴリ押ししたからには、背景に黄金井会長の利得があったとしか考えられない。キックバックはいったいどれくらいなのか、想像もつかない金額だろう。

まあ常識的に融資額の五パーセント程度だとしても、約三億が黄金井会長の懐に入ってくる計算か。あるいはもっと巨額なものだったかもしれない。そんな条件つきでも、ダイヤモンド・エンタープライズとしては背に腹は替えられないから、融資を受けるほかはなかったにちがいない」

「僕が今日、地元でゴルフ場の造成に関わっている業者に聞いた印象としては、実際には、そんな融資があっても焼け石に水。ダイヤモンド・ゴルフコースの破綻は避けられない見通しみたいですよ。地元の情報に通じている須賀氏は、それを察知したのだと思います。それで、賀能銀行側にそのことを知らせようとして金沢に向かったと考えるべきでしょうね」

「なぜだい？」

陽一郎は首を傾げた。

「なぜ……というと？」

「つまりさ、須賀氏にしてみれば、ゴルフ場が破綻しようが、銀行が融資の回収不能に陥ろうが、知ったことではないだろう。それなのになぜ、わざわざ金沢まで出かけて行かなければならないんだい？」

「なるほど……」

浅見は返答に窮した。確かに兄の言うとおりだ。ゴルフ大嫌い人間の須賀にとっては、ゴルフ場建設が行き詰まるのは、むしろ喜ぶべきことだ。融資が焦げつく危険性のあることを察知したとしても、それを銀行に教えてやる義理など、さらさらない。

「現実に、須賀氏が賀能銀行を訪ねている形跡があるなら話はべつだが。どうなのかね、現地の捜査本部はその辺の聞き込みは当然、やっているのだろう？」

「ええ、やっているはずです。しかし、そういう事実は出てきていないのでしょう」

「だとすると、そのセンも当たっていないことになるな」

「そうですね……しかし、大脇氏の場合はどうなんだろう。大脇氏はかつて賀能銀行に身を置いていた人だから、内部情報に通じていて、賀能銀行がダイヤモンド・エンタープライズに行っている融資に不審を抱いていた可能性がありますよね。不正融資かどうかはともかく、銀行が破綻する危険性を察知して、融資をやめさせようという気になったとしても不思議はない。そのきっかけとなったのが須賀氏の事件だったのではないかと思うのです。須賀氏が行動し、殺害されたことに触発され、義憤を感じて、やむにやまれず動いたんじゃないですかね」

「それはどうかな?」

陽一郎は首をひねった。

「きみの言うとおりだとすると、大脇氏は須賀氏の行動の目的を知っていたことになるのじゃないかな。それ以前に、須賀氏から話を聞いているのならともかく、彼ら二人は内灘以後、まったく没交渉なのだろう。いくら想像力を働かせたとしても、そこまで憶測できるとは考えられないが」

「確かに……」

反論の材料はない。

「いずれにしても、賀能銀行に対しては、近々、日本銀行や金融庁の監査が入ることになる。その結果、不正融資の事実があれば、石川県警が介入するだろう。現時点で私の言えることはそこまでだな」

「それでは、須賀氏と大脇氏の事件については、兄さんのほうから何らかの助言なり提案なんかはしないのですか」

「ああ、私の立場ではしない。あくまでも石川、富山両県警の裁量で行っている捜査だからな」

刑事局長は冷たい口調で言ってから、ニヤリと笑った。

「もっとも、かりに情報をキャッチしている人物がいて、警察にサジェッションを与えるというのなら、あえてそれを阻止することはしないがね」

そう言って、「さて、風呂に入るか」と立ち上がった。

自室に戻ってから、浅見は今後の「捜査」の進め方を思案した。兄はあんな言い方で、それとなく「お墨付き」をくれたつもりなのだろうけれど、それ以前に、浅見の推論に二つの疑問を投げかけている。一つは、須賀がなぜゴルフ場への融資に対して、警告を発しようとしたのかということ。そしてもう一つは、大脇がなぜ須賀の行動目的を知り得たかということ、である。

この二つの疑問について、明快な説明はできない。とくに須賀の行動の意味が分からない。家人には単に金沢の泉鏡花の生家を訪ねるような話をしていたというだけで、それ以外の目的があることは誰も聞いていないし、考えてもいなかったという。辰口温泉の旅館「まつさき」に泊まる予定だったのも、泉鏡花がらみであることを裏付けるものだ。

（やはり、須賀の金沢行きの目的は泉鏡花だったのかな――）

浅見はともすれば退嬰《たいえい》的な気分に落ち込もうとする自分に、「確信を持て」と鞭打《むちう》った。

翌朝、ホテルのロビーで轟と落ち合った。昨夜、兄から仕込んだばかりの知識を披露した。ダイヤモンド・エンタープライズとゴルフコースが破綻しかかっているのは事実であるらしいことと、賀能銀行が不正融資を行っている疑いのあることを話した。

「賀能銀行ですか……」

やはり轟も驚きを禁じ得なかった。

「義父はその事実を知ったんですな」

「轟さんもそう思いますか」

「はい。義父は銀行の崎上さんのところに、ちょくちょく電話していたらしいと、義母が話しとったやないですか。それはたぶん、ダイヤモンド・エンタープライズへの融資について、何らかの情報を得ていたためと考えられます」

「ええ、そのことは僕も同じ考えです。しかし、それでなぜ行動を起こしたのかが、よく分からないのです。まして須賀さんがどうして動いたのかに至っては、さっぱり見当もつかない。須賀さんにしてみれば、ゴルフ場にも賀能銀行にも、破綻しようがどうしようが、心配したり同情したりする義理はないわけですからねえ。それでもかりに、融資に疑問を抱いてストップをかけたかったとしたら、賀能銀行に連絡するか出向くか、どっちかですよね。そうそう、それで一つ確かめておきたいのですが、警察は須賀さんの足取り捜査で、賀能銀行にも聞き込みに行っているのでしょうか?」

「それはやってるはずだと思いますよ。自分はそっち方面の担当ではなかったが、一応、確認してみましょう」

轟は捜査本部に問い合わせた。

「ちゃんとやってますね。金沢市内の中心部付近はとくに念入りに聞き込みをしてます。銀行や郵便局など、被害者の立ち回りそうな場所は二度にわたって聞き込みをしたそうです。かりに須賀さんが賀能銀行にそういう用件で訪ねていれば、窓口や受付等の印象ははっきりしているでしょうから、銀行の人間が忘れるはずはありませんね」

捜査に遺漏のないことを確認できて、轟は少し得意そうな表情を浮かべた。

「浅見さん、どうですかねえ。やっぱり、須賀さんの事件と義父の事件とは関係ないとするべきではないでしょうか」

「つまり、須賀さんは単純な強盗目的で殺されたと考えるということですか?」

「まあ、そういうことになりますか。義父が動いたことについては、何とか説明もつきますが、須賀さんに関してはまったくの奇禍であったとしか理解できないです」

「それでも、大脇さんの事件に関しては、怨恨の疑いが濃厚だと考えるのですね?」

「いや、確実にそうだとは言いませんが。しかし動機ということを考えれば、まだしも、義父の場合には怨恨による可能性もあるわけでして」

「それはやはり、賀能銀行がらみということですね」

「まあ、現段階では、ですな」

「犯人は賀能銀行関係者ですか?」

「そこまでは断定できませんよ」

「かりにそうだとして、なぜ殺されなければならなかったのか。動機は何ですか?」

「もちろん、不正融資問題をバラされるのを恐れたのではないでしょうか」

「バラす、ですか? 大脇さんがなぜ、賀能銀行を告発しようとするのですかね? 告発をちらつかせて、恐喝でも働くつもりなら分かりますが」

「そんなことを義父がするはずはないでしょう」

轟はむきになって怒った。

「そうでしょう。そんなことをするはずがない。大脇さんを直接存じ上げているわけではありませんが、大脇さんの人柄から言えば、どちらかというと、賀能銀行を守りたかったでしょうからね。それにもかかわらず大脇さんは殺された。となると、動機の点で説明がつきにくくありませんか？」

「それは、あれです……錯覚とか過誤とか、思い込みがあったかもしれんです」

「なるほど。それにしても犯人側のやったことは果断の措置ですね。大脇さんが動こうとしたとたんに殺した。何だか病的に過敏になっていたとしか思えません」

「確かにそのとおりだが……」

轟は不満そうに頷いてから、切り返すように訊いた。

「そしたら、浅見さんはそれについて、何か考えがあるんですか？」

「犯人の立場になって考えると、大脇さんをすぐに始末しなければならない、切迫した事情があったのだと思います」

「ほうっ、それはどういう？」

「大脇さんはたぶん、須賀さんの名前を出したのじゃないでしょうか」

「えっ？……」

「犯人側にしてみれば、須賀さんの事件の真相を知られていることが、最大の脅威《きょうい》だったにちがいありません。大脇さんが、あたかも須賀さんが犯人側と接触したことを知っているような態度を見せれば、震え上がったのじゃないですかね」

「というと、やはり須賀さんと義父の事件は同一犯人によるものだと?」

「ええ、もちろんです」

「うーん……」

轟はうなり声を漏らして、黙った。

「そうは言っても」と、浅見は轟を慰めるような口調になって、言った。

「須賀さんがなぜ行動を起こし、どこへ向かったのか——は、依然として闇の中です。内灘の鉄板道路を抜けて、その先の海岸で足跡は途絶えている。文字通り砂に吸い込まれたように、です」

やや文学的な表現で気がさしたが、あの内灘の風景を想起すると、浅見の脳裏には、砂丘に消えてゆく須賀の後ろ姿が浮かんでくるのである。

「砂に吸い込まれた、ですか……」

轟も浅見の感傷に同化したような顔をしながら、「あっ」と思い出した。

「そういえば、あの近くに黄金井会長の別荘がありましたよ」

「えっ、そうなんですか」

「あの辺り一帯で聞き込みをやりましてね。その中にひときわでかい屋敷があって、表札に『黄金井』とあった。その時は気づかなかったけど、後で賀能銀行の会長だと分かりました。門が自動開閉する豪勢な屋敷でした。留守番役みたいな女がおって、これがまたえらい愛想の悪い女で……あっ、浅見さん、須賀さんはその屋敷を訪ねたってことはないですかね」

「まさか……いきなり賀能銀行のトップを訪ねる、ですか?」

「ははは、そうですよねえ。あり得ませんよね。いきなり訪問したところで、傲慢《ごうまん》な黄金井会長が、どこの馬の骨とも分からないお年寄りに会ってくれるはずもないし。第一、そこに会長の別荘があるなんて、須賀さんが知ってるわけはないか」

轟はあっさり撤回したが、逆に浅見は、何となくその着想が気になった。

第六章　四番目の男

1

　轟が小松に引き揚げた翌日、浅見は列車を利用して、仙台の水城家を訪ねた。「出張」はすべて、何らかの形で「旅と歴史」がらみの取材にひっかけて、経費を捻出《ねんしゅつ》しているのだが、仙台だけは大義名分が何もない。まったくの自腹で賄《まかな》わなければならないわけで、それが仙台行きの足を鈍らせていた理由だ。

　しかし、いつまでも水城家をなおざりにしているわけにはいかない。大脇も仙台へ行くと言っていたという、そのことも無視できなかった。

　中島峰子は「仙台市材木町」という、あいまいな地名だけを記憶していた。「その辺りではかなり知られた旧家だそうだけど、いまもあるかどうか……」とも言っていた。

　仙台市若林区南材木町は仙台駅の南、広瀬川とJR東北本線のあいだにある。仙台駅からタクシーで五、六分、仙台市の下町で、古くからの住宅地である。いまは地下鉄南北線が通り、マンションなども建ち、少しずつ街の表情も変わりつつあるが、その中で、水城家は峰子の言葉どおり、昭和初期の老舗《しにせ》の面影をそのまま伝えていた。

　表通りに面した、いまは珍しい土蔵造りの店は漢方薬を商っている。白壁の二階部分はなまこ壁風に装飾され、まさに土蔵そのものだが、そこから黒瓦《くろがわら》の屋根が突き出して、その下の一階は間口の広い店舗である。

店蔵《みせぐら》の右脇には屋根つきの塀、そして大きな屋根を備えた門が開いている。塀の中には姿のいい黒松が頭を覗かせ、その向こうに古い大きな二階屋が建っている。

浅見は店にではなく、門を入った。木造二階建ての建物は、住居とするには大きすぎると思ったが、後で聞くと、二十数年前までは料理旅館を経営していたのだそうだ。丈の高い、幅もたっぷりある格子戸の嵌《は》まった玄関には、堂々たる旧家の風格が備わっている。その前に立ち、呼び鈴《りん》を押すのも気が引けるほどの威圧感が漂う。

建物の奥のどこかで「はーい」と応対する声が聞こえたが、それからずいぶん待たせてから格子戸が開き、中年の女性が顔を覗かせた。浅見は肩書のない名刺を出した。「水城信昭さんのことで、お話をお聞きしたいのですが」と言うと、女性は「信昭？……」と一瞬、怪訝《けげん》そうな表情を浮かべてから、すぐに「あっ」と思い当たった。

「伯父《おじ》のことですね」

そう言ったところをみると、彼女は信昭の姪《めい》にあたるのだろうか。年齢は四十歳前後に見えるから、当然、生前の信昭のことを知っているはずはない。見知らぬ客を迎えて、どうしようかな――と少し逡巡《しゅんじゅん》した様子だが、「どうぞお入りになってください」と中に招《しょう》じ入れた。土間は広く、上がり框《がまち》も立派な玄関である。

「少しお待ちください」

女性は奥へ引っ込んで、入れ代わりに母親らしい、浅見の母親と同じくらいの年配の女性が現れた。和服姿で、玄関の板の間にきちんと正座して、丁寧に頭を下げて言った。

「私は信昭の妹で美智絵《みちえ》と申しますが、どのようなことでしょうか?」

イントネーションに仙台訛《なま》りはあるが、ほとんど共通語と変わらない口調だ。

「少し前に石川県小松市から大脇さんとおっしゃる方が、こちらにお見えになったと思うのですが」

「はい、いらっしゃいました。信昭が石川県の内灘で亡くなった時、ご一緒だった方で、お墓参りをしたいとおっしゃって……あの、あなた様は大脇さんとはどういう?」

「僕は大脇さんの息子さんの知り合いの者です。あの、大脇さんが亡くなられたことはご存じでしょうか?」

「えっ、いいえ、まさか……お見えになった時は、ずいぶんお元気そうにお見受けしましたけど」

「そうなのですが、残念ながら大脇さんは殺害されたのです」

「えーっ、何ということ……」

美智絵は絶句して、「あの、ここでは何ですので、どうぞお上がりになってください。汚いところですけれど」と、うろたえながら勧めた。

古く薄暗いとはいえ、彼女が謙遜《けんそん》するようには、決して汚くはない。廊下には赤いカーペットが敷かれ、よく磨かれて黒光りのする柱など、かつては料理旅館だったというだけあって、旧家のよさが横溢《おういつ》している。

　庭に面した応接間に通された。元は畳の部屋だったのを洋間に模様替えした感じの、和洋折衷《せっちゅう》の部屋だ。

　あらためて挨拶を交わしてから、女性は部屋を出て行き、少しの間、浅見は独りにされた。ガラス障子の向こう、雨もよいの暗い空の下、庭の木々は生気なく、侘しい雰囲気を醸《かも》し出している。

　ほどなく、美智絵は茶の支度を整えて戻って来た。お盆に茶菓を載せて従うのは、最前の女性である。香ばしい茶の香りが漂い、テーブルの上には仙台銘菓の「萩《はぎ》の月」が添えられた。

「こちらは息子の嫁の千晶《ちあき》と申します」

　簡単な紹介と挨拶だけで、千晶は部屋を去った。

「大脇さんが亡くなられたというのは、どのようなことだったのでしょうか?」

　美智絵に問われるまま、浅見は大脇の事件のことを話した。美智絵は痛ましそうに眉をひそめ、終始、小さく頷きながら浅見の話を聞いていた。

「大脇さんとお兄さんの信昭さんの関係がどのようなものかは、もちろんご存じなのでしょうね?」

　浅見は訊いた。

「はい、兄のお友達で、兄の言葉によりますと、内灘で出会った、最も頼りになる同志ということでした」

「ほうっ、そういう風におっしゃっていたのですか。じゃあ、やはり、お兄さんと大脇さんは、内灘闘争の同志だったのですね。じつは内灘ではもう一人、そういうご友人がいたのですが」

「ええ、その方のことも存じてます。須賀さんとおっしゃる方で、兄とは大学は違いましたけど、一緒に内灘に行った親友です」

「そうですか……じつは、その須賀さんも、少し前に大脇さんと同じように、殺害されたのです」

「えーっ……」

美智絵は目の前にいる浅見が、まるで二つの殺人事件の犯人ででもあるかのように、恐怖を浮かべた表情で見つめた。実際、彼女の中には、この風来坊のような客の素性《すじょう》を疑う気持ちが、急速に広がったにちがいない。浅見はそれを解きほぐすのに苦労した。須賀の事件のあらましと、それに関わることになった経緯を話して、ようやく美智絵の警戒心は薄らいだようだ。

「それにしても、信昭さんのご友人の名前をよく覚えておいでですね。もうかれこれ五十数年も昔のことですが」

浅見はその点に感心した。

「そうですねえ。でも、兄の手紙を何度も読み返しておりますので、お名前も頭に刷り込まれているのだと思います」

「あ、お手紙があったのですか。いまも残っていますか?」

「ええ、大切に取ってあります。兄の最後の写真も内灘から送られたものでした」

「えっ、お写真もあるのですか?」

「はい」

「それ、拝見できませんか」

「いいですよ」

美智絵は立って行って、しばらく待たせてから、大ぶりの文箱《ふばこ》を持って戻って来た。黒漆《くろうるし》の地に秋の草花を描いた、みごとな文箱である。文箱の中には封書、葉書取り混ぜて、かなりの数の手紙が重なっている。

「読ませていただいてもよろしいですか」

「いえ、それは……」

さすがに美智絵は抵抗を感じたのだろう、一瞬、とまどいの色を見せた。中に何か、他人に見せてはならないような内容のものがあるかどうかを模索している様子だ。しかし、結局は差し障りのあるものが思いつかなかったらしい。最後には「どうぞ、お読みください」と頭を下げた。

浅見は丁重な手つきで手紙を取り出して、注意深く読み進めた。

兄が、愛する妹に、東京での学生生活のあれこれを伝える内容の手紙が多い。浅見は家を離れた経験がないから、妹たちにはもちろん、親にも兄にも手紙を書いた記憶はない。それだけに、水城信昭の美智絵に宛《あ》てた手紙には、厳粛なような、ややくすぐったいような、不思議な感銘を覚えた。

その浅見を眺めながら、美智絵は問わず語りのように話した。

「兄が亡くなったのは、私がまだ高校生の時でした。歳が五つも上でしたから、話し相手になるということはありませんでしたけど、とても優しくて親切で……ですから、兄が亡くなったと聞いて、私は死ぬほど悲しくて、何日も泣きました」

一つ一つの場面を思い起こすように、ゆっくりとした口ぶりだ。

「私にはもう一人、長兄がいたんですけど、終戦の年に予科練に入って、千葉県で米軍の艦載機の銃撃に当たって戦死してしまったんです。それで、信昭兄が水城の家を継ぐことになりました。兄は子供の頃はやんちゃで、親たちが持て余すような典型的な次男坊だったのに、いきなり跡取りに据えられて、本人としては不本意だったと思います」

そのことは浅見にも、しみじみとよく分かる。少年時代、もし兄の陽一郎に何かがあって、自分が浅見家を継ぐ状況にでもなっていたら——と想像するだけで憂鬱だ。しかも水城家は浅見の家とは比べようもないほどの旧家である。水城本家として、一族の信望を集めなければならない存在でもあったにちがいない。

「ご存じかと思いますけど、兄は学生運動に熱心でした。もちろん、持って生まれた正義感の強い性格もありますけど、それよりも親たちの期待や重圧に反発する意味があったのではないでしょうか。それに、兄は長兄を喪《うしな》って、戦争を憎んでおりましたから、戦後の日本が、アメリカの言いなりになって軍需産業を復興させたり、再軍備へ向かってゆくような風潮に、強い危機感を抱いていたのだと思います。内灘の試射場反対闘争はその象徴だったのでしょうね」

その内灘からの手紙も出てきた。日々の闘争の激しさを窺わせる内容のものが多い。食事や睡眠時間などかなり不規則で、「しんどい」と本音を漏らしてもいるが、意気だけは軒昂《けんこう》で、仲間たちとの団結を語り、何が何でも勝ち抜くとぶち上げている。

須賀と大脇の名前もよく出てくる。手紙には、「彼らや素晴らしいリーダーがいるおかげで、僕もこのきびしい闘争を、何とかやっていられるのかもしれない」と感謝の思いが綴《つづ》ってあった。最後の日付の手紙に、中島峰子のことと思われる記述があった。

〔苦しい闘争の中で、素晴らしい女性とめぐり会った。いずれ仙台に連れて行って、皆にも紹介したいと思っている。〕

たったそれだけだが、水城信昭の青春のきらめきが、凝縮されたような文面だ。

読み終えて、浅見は「ほうっ」とため息をついた。

「しかし、その内灘で命を落とすことになってしまわれた。ご家族の悲しみはもちろんでしょうけれど、信昭さんはさぞかし無念だったでしょうね」

「ええ……でも、兄にとってはそれが天命だったのかもしれません。辛《つら》いはずの闘争の日々のことを、兄の手紙は楽しそうに伝えておりますから」

手紙とは別に、袋に入った写真がある。

「ここにあるのは内灘から送ってきた写真だけで、ふつうの写真や家族と撮った写真はみんなアルバムに収めてあります」

写真は手札判のが二葉だけ。二枚ともモノクロだ。一枚目は学生服を着た二人と、ジャンパー姿の青年が肩を組んだ写真で、砂丘の上に立ち、内灘の海岸を背景にしている。

「これが兄です」

美智絵が真ん中の学生を指さした。やや面長の、見た目、ひ弱そうに見える美男子だ。向かって右の学生が須賀で、ジャンパー姿が大脇なのだろう。そう思って見ると、どことなく面影はある。

もう一枚には四人が写っている。中央に背広を着た青年がどっかと胡座《あぐら》をかき、その後ろに水城、須賀、大脇の三人が前かがみにスクラムを組む。背景には「接収反対」の大きな筵旗《むしろばた》が翻っていた。

「この人は誰ですか?」

浅見は背広の青年を指さした。ほかの三人よりはいくぶん年長に見える。

「お名前は存じません。たぶんこの方がリーダーだったのではないかと思っておりますけれど」

美智絵は自信なさそうに言った。

「お兄さんが亡くなった時、現地にはいらっしゃったのでしょうか?」

「ええ、参りました。両親と私の三人でしたけど、取るものも取りあえずという、慌ただしい旅でした。変わり果てた兄を見て、両親はショックだったと思いますけど、父は気丈に善後策を講じておりました。私は泣いてばかりいました」

「そこで大脇さんと須賀さんにはお会いしたのですか?」

「ええ、お目にかかりました。お二人から兄の最後の様子をお聞きしました。兄は風邪をおしてスクラムに加わって、その場で倒れたのだそうです。すぐにお二人が宿舎に連れ戻って、お医者を呼び手当てをしたのですが、肺炎を併発して、助からなかったのだそうです。お二人は、ただ、申し訳ない申し訳ないと、兄を死なせてしまったことを詫《わ》びるばかりで、男泣きに泣いておられました。

かえって父が慰めてあげたほどです」

「その場に、さっきのお手紙にあった女性の方はいませんでしたか?」

「はっきりそうだとは分かりませんでしたけど、女の方もいらっしゃいました。でも、部屋の隅のほうで泣いてらして、ご挨拶もしないままになりました」

その女性がたぶん中島峰子だと思ったが、浅見はそのことは言わなかった。ましてその時、峰子のお腹《なか》には水城信昭の胤《たね》が宿っていたことなど、とても言えたものではない。

「あれからもう五十五年も経ってしまったんですねえ」

美智絵は兄の写真を眺めながら、しみじみと言った。彼女でさえ感慨深げなのだから、浅見には五十五年の歳月は想像もつかない長い時間である。

しかし、その「歴史」と言ってもいいほどの時空を超えて、いまだにその時代の因縁を引きずっている人生があるのだ。そして、その因縁の糸に操られるようにして、須賀と大脇は死んだ――と、浅見はあらためてそのことを思った。

2

水城家訪問はこれといえるような成果は挙がらなかった。内灘闘争時代の現地での様子も、これまで知り得たことを確かめる結果でしかない。ただ、水城を「救出」した二人の内の一人が、やはり大脇だったことがはっきりした。そして、水城の死に対する須賀と大脇の痛恨の思いは、美智絵の話を聞いて実感できた。その時の挫折が、彼ら二人のそれ以後の人生を大きく変えてしまったであろうことは、想像に難くない。

内灘闘争で死者が出たという記録は知らないが、けが人ぐらいは出ているだろう。闘争行動そのものので、直接受けたけがによるものではないとはいえ、間接的にはそれが原因で亡くなるという、水城のケースのような悲劇もあった。しかも、そういった目に見えるものとは別に、須賀や大脇のように、立ち上がれないほどの精神的なダメージを受けた者もいたのだ。

いや、それ以外にも、人生の針路を狂わされた、潜在的な人びとが少なくないだろう。その一人が中島峰子だった。それにしても、与えられた悲運にめげることなく、愛した男の遺児を育て上げた、彼女の健気さは立派なものだ。やはり土壇場になると、女性の強さは男を凌駕《りょうが》するものかもしれない。

あの時代を生きて、内灘闘争に参加した人びとの「その後」はどのようなものだったのだろう――と、浅見はまたしても思った。

中島由利子から送ってもらった内灘町史『砂丘に生きる町』を繙《ひもと》き、「内灘闘争」のページを開くと、闘争の発端から終焉《しゅうえん》に至るまで、多くの人びとが関わり、あるいは巻き込まれ、闘い、やがては、離合集散の果て、それこそ砲煙がやむように散っていった経緯がよく分かる。

記事中にあるキャプション（見出し）を拾うだけでも、生々しい「闘争」の一部始終が見えてくる。

国有地があった内灘砂丘に白羽の矢
村議会が接収反対を決議
林屋亀次郎氏（注・石川県選出の参議院議員＝当時）が折衝
補償などを条件に村は受け入れ
大きな炸裂音が大問題に
試射場撤去の運動、一気に拡大
村民大会が永久接収反対を決議
船小屋、鉄板道路で座り込み
浅野川線は四十八時間スト
国会前でムシロ旗デモ
長引く闘争の悪影響を懸念
条件付き賛成やむなしの空気広がる
国有地の払下げを条件に、政府と妥協
百三十日間の座り込みに終止符

いま見る内灘町は平和そのものだが、それでも「鉄板道路」など、闘争の日々の記憶を思い出させるような名や、「観測所」のようなモニュメントも残っている。須賀や水城が籠城《ろうじょう》したであろう「船小屋」や、大脇も参加したであろう「浅野川線」の四十八時間ストには、無縁であるはずの浅見でさえ、何か懐かしいもののような感慨を覚える。浅見が見てきた内灘は、まぎれもなく「兵《つわもの》どもが夢の跡」だったのである。

学生運動の延長線上のように、闘争に身を投じた水城や須賀、浅野川線を停めて彼らとスクラムを組んだ大脇。若き日の彼らの正義感に満ちた激しい生きざまが、ありありと脳裏に浮かぶ。

だが、闘争の敗退とともに、彼らを挫折感が襲うことになる。イデオロギーに裏打ちされた多くの活動家たちにとっては、その敗北も一つの結果にすぎなかったのだろうけれど、須賀や大脇のように、無心に、一途《いちず》に正義を信じて闘った者には、虚《むな》しさばかりが残る敗北。打ちのめされるような思いだったろう。しかも彼らは目の前で友を喪った。その傷が心に深く刻まれ、生涯の悔いとなって付きまとったにちがいない。

(彼らを駆り立てたリーダーはその後、どうなったのだろう?——)

浅見はふと思った。

水城家で見た写真の、中央で胡座をかき、腕組みをしていた精悍《せいかん》な青年が、リーダーと呼ばれていた人物らしい。須賀や大脇より少し年長と思われるから、いまも生きていれば、八十歳ぐらいになっているかもしれない。彼もまた、闘争の敗退や仲間の死に挫折感を味わったのだろうか。

中島峰子の話によると、リーダーは立派な人物だったそうだ。政府側の切り崩しで生じた住民の変節に出くわして、闘志が萎《な》えかける仲間に、「おまえらは、あんな米帝の手先の言うことで動揺するのか」とアジを飛ばして、奮起させた——というのである。

峰子はまた、「素晴らしいって思わせる、カリスマ性っていうのか、とにかく弁の立つ闘士でした」と評していた。

それほどの人物なのだから、その後は筋金入りの社会主義者か、政治家への道に進んだにちがいない。須賀や大脇のように、友の死に出会っただけで、あえなく挫折してしまうようなことはなかっただろう。

（ところで、リーダーは、水城信昭が死んだ時、いったい、その事態にどのように対処したのだろう？——）

水城家の遺族が駆けつけた時、その場には須賀と大脇と、それに中島峰子と思われる女性がいた——と美智絵は語ったが、あの写真に写っていたもう一人の男——リーダーらしき人物のことについては何も触れていなかった。そこにはリーダーは来ていなかったのだろうか？　だとしたら、ずいぶん冷たい仕打ちと言うべきではないか。

水城の死は、リーダーにもまったく責任がなかったわけではない。水城が倒れた時、病院に運ぼうとする仲間に対し、「敵に弱みを見せるな」と叱咤《しった》した。そのために結局、須賀と大脇が小屋に運んだだけという措置を取ることになって、その挙げ句、水城は肺炎で急逝《きゅうせい》したのだ。言うなればリーダーは内灘の「闘争」のA級戦犯である。それなのに「戦死」した水城の遺族に会おうとしなかったのか。

（リーダーは何をしていたんだ？——）

浅見は勃然《ぼつぜん》としてリーダーへの不信感が募った。彼は内灘での闘争が敗北するのを見て、さっさと次の「戦場」へ転進して行ったのだろうか。プロの活動家とはそういうものかもしれないが、なんたる無責任、なんたる非人情——と腹が立った。

とはいえ、怒りの対象である相手は、すでに老境にあるか、ひょっとすると故人になっているかもしれない。いくら腹を立てたところで、ごまめの歯ぎしりのように虚しくなるばかりではあった。

一人だけの遅い朝食を終えて、リビングルームを通り抜ける時、浅見は思いついて、中島峰子に電話してみた。むろん周囲に、恐怖の母親の気配がないことを確かめた上でのことだ。

受話器を手にソファーに腰を落ち着けて、「このあいだお邪魔した浅見です」と言うと、峰子は「あーら、浅見さん」と、まるで恋人からの電話を待ち望んでいたような、ひどく若やいだ声を発した。

「あれから由利子と電話で話したんですけど、由利子も浅見さんのこと、それはそれは大層な褒《ほ》めようでしたのよ。いまどき珍しい、魅力的な青年――ですって」

「ははは、それは光栄です」

浅見はあっさり躱《かわ》して、用件を言った。

「内灘闘争の時の、須賀さんや水城さんたちのリーダー格だった人のこと、中島さんはおっしゃってましたね」

「ええ、申し上げましたわね」

「その人がその後どうなったかとか、名前などはご存じですか?」

「ええ、知ってますよ。えーと……あら、いやだ、お名前、何ておっしゃったっけ」

峰子は急にうろたえた。

「ちょっとお待ちになって。いえ、ちゃんと知ってますのよ。えーと、水城と一緒だったのは須賀さんでしょう。それにもうお一人、何ておっしゃったかしら……」

「大脇さんというのですが」

「あ、そうそう、大脇さんでしたわね。それからリーダーの方……いやだ、知ってるはずなのに、喉まで出かかってるのに……度忘れなのね……いやだ、どうしましょう。珍しいお名前だからって……そうですよ、いつだったか、どこかで見て、あら懐かしいって思ったお名前なのに、すっかりぼけてしまって。いやだわあ、情けないわねえ……」

焦りまくる彼女の気持ちはよく分かる。浅見の母親の雪江にも、近頃は時折、発生する「症状」である。熟知しているはずの名前や事柄が、いざ呼び出そうとする瞬間、ふっと消えてしまうらしい。まだ老化するには若すぎる藤田編集長でさえ、「三歩、歩くと、忘れることがある」と嘆いているくらいだから、誰にも珍しいことではないのだろう。

「そんなに情けなくはありませんよ」

浅見は笑いを含んだ口調で慰めた。

「それより、いま、どこかで見たとおっしゃいましたね？　その人にお会いになったんですか？」

「えっ？　いいえ、そうじゃなくて、何かで見ましたのよ。それなのに思い出せないんだから、ほんとに、やんなっちゃう」

峰子は少女時代のような蓮《はす》っ葉《ぱ》な口調で、自嘲《じちょう》している。

「どこで何をご覧になったんですか？」

「それが分からないのよねえ。雑誌か新聞だと思うんですけど」

「それはまさか、死亡記事じゃないでしょうね？」

「えっ？　違いますよ。あらご健在なのねって思ったんだから……でも、何だったかしらねえ……

だめだわ、ぜんぜん思いつかない。そのくせ、とんでもない時に、あれっ？　て思い出すんですよね」

「それじゃ、思い出した時で結構ですから、ぜひ電話で教えてください」

「でも、思い出せないかもしれませんわ」

「ははは、大丈夫です。いつかひょこっと浮かんできますよ。僕の母が、それとそっくりなので、慣れっこになっているんです。のんびりお待ちしてます」

電話を切って、本心を言えば、浅見は峰子以上に苛立つ気分ではあった。しかし、だからと言って峰子を責めるわけにもいかない。ともあれ、峰子の記憶が「リーダー」の死亡記事ではなかったらしいことだけでも、大きな収穫と言える。

浅見はふたたび受話器を握って、小松署の轟に電話した。「やあ、浅見さん」と、轟は心なしか弾んだ声を出した。

「どうでした？　仙台は」

「水城家は仙台の旧《ふる》い漢方薬のお店でして、水城信昭氏亡きあと、妹さんが家を継いで、いまはその息子さんの代になっているようです」

浅見は仙台での調査の成果を話した。大脇の旅が「慰霊」目的だったこと。そして、やはり水城を救出したのが須賀と大脇であったことを伝えると、轟は「そうでしたか……」と、いくぶんほっとした様子だが、「うーん、それなのに銀行に入れたっていうのが、どうもよお分からんですなあ」と、悩ましげに言った。それに対する答えは、浅見にも見出せない。

「そちらの捜査はどんな状況ですか?」

「いやいや、だめですわ」

轟の留守中も、事件捜査のほうはさしたる進展はなかったらしい。依然として、捜査方針は「強盗殺人事件」に焦点を絞っているのだから、新しい手掛かりが出てこない以上、新たな展開など望むべくもないだろう。安宅の関の現場周辺には防犯カメラも設置されていないし、主要道路のNシステム（自動車ナンバー自動読取装置）の検索も、それなりに進めてはいるものの、いまのところ思ったような結果が得られていないという。

電話を切って席を立つ間もなくベルが鳴った。キッチンのほうから須美子が顔を覗かせるのを制して、浅見は受話器を取った。

「あっ、浅見さん、須賀です。絢香です」

「やあ、おはようございます。どうしたんですか、こんなに朝早くから?」

「早いって、もう十時になりますよ。何回も電話してるんですけど、ずっとお話し中だったでしょう」

「あ、そうでしたか。それは申し訳ない。たてつづけに長電話がかかってましてね。それで、何か?」

「ええ、ちょっと気になる物を見つけたんです。でも、こんなの、つまらないことかもしれませんけど」

「いやいや、つまらないことなんてありませんよ。気になることがあるのなら、何でも教えてください」

「じゃあ言いますけど。祖父の遺品を処分しようとしていて、祖父の机の上にあった雑誌を見たら、ゴルフ場の特集記事が載っているっていう、あれ、見出しっていうんですか、表紙に印刷されていたんです」

「なるほど」

「それで、もしかしたら、祖父はこの記事に関心があったんじゃないかなって思って。ほら、浅見さんもゴルフ場のことを気にしてたじゃないですか」

「そうですね。それはどんな記事ですか？　例のダイヤモンド・ゴルフコースのことを問題にしているものですか？」

「いいえ、それがそうじゃなくて……『ゴルフブームの再燃に、いま新ゴルフ場の可能性を探る』っていう特集で、全般的な風潮なんかを書いているんです。ダイヤモンド・ゴルフコースもその中に含まれるのかもしれませんけど、直接その名前は出ていません」

「はあ……」

浅見は正直に拍子抜けした声を出した。

「これって、意味ないですよね」

絢香も、最初の意気込んだ口調が消えて、声に張りがなくなった。

「いや、分かりませんよ。お祖父《じい》さんが机の上に載せておいたのですから、何か特別な意味があるのかもしれない。それ、いつ頃の雑誌ですか？」

「あ、そうなんです。そのことも言おうと思っていたんです。雑誌が発行されたのは三年も前なんですよね。それなのに大事そうに机に載せてあるって、これはやっぱり、ふつうじゃないでしょう？　ほかには、そんな風に取ってある雑誌なんて、一冊もないんですから」

「三年前ですか……確かにただごとじゃないですね。それ、雑誌名とバックナンバーを教えて……あ、いや、これからそっちへ向かいましょう」

「だったら、私がそちらへ行きます。いまもう、東京駅まで来ちゃっているんです。雑誌もちゃんと持って来ました」

「えっ、ほんと？　じゃあ京浜東北線の上中里駅《かみなかざと》に迎えに行きます」

　二十分後、浅見は絢香を上中里駅前で拾って、駅からほど近い平塚神社の境内にある平塚亭《ひらつかてい》に入った。団子が評判の小さな茶店風の和菓子店だ。ふつうは店内での飲食はできないのだが、古い馴《な》染《じ》みの浅見家の特権のように、浅見はときどき、お客を連れて行く。刑事が訪ねて来た時など、家の者に知られないように内緒話をするには恰好のアジトになっている。

　浅見が「大福おばさん」とニックネームをつけた、顔も体型もふくよかなおばさんが、絢香を見て「あらまあ」と笑顔を見せた。しかしそれ以上は干渉しない。狭い店の片隅にあるテーブルにお茶と団子を運んで来て、それっきり放っておいてくれる。

「ここの団子、旨《うま》いですよ」

　浅見は保証して、絢香に勧めた。絢香も遠慮なく、すぐに串《くし》を手に取った。「ほんと、おいしい」と、本来の目的を忘れそうだ。

「で、問題の雑誌は？」

「あ、そうでした。これです」

絢香はバッグから雑誌を出した。「投資春秋」という、あまりポピュラーではない経済誌である。浅見はこの手の雑誌は、ほとんど読む機会がない。バックナンバーは確かに三年前のものだ。「ゴルフブームの再燃に、いま新ゴルフ場の可能性を探る」という特集がこの号の目玉らしい。

記事の内容に目を通すと、絢香が言ったとおり、ごくありきたりの話題を特集したもので、ダイヤモンド・ゴルフコースの名が出ているわけではなかった。浅見は失望したが、かといって、須賀智文が意味もなく後生大事にこの雑誌を保存していたとも考えられない。

（何か、それなりの理由があるのかも――）と、ほとんど無意識に、未練がましくパラパラとページを繰った。

ふと、視野をかすめる活字に、ひっかかるものを感じた。

（ん？　なんだ？――）

浅見はもう一度、同じ動作を繰り返した。できの悪いパラパラアニメのように、文字や写真が不規則に視野を通過する。

そして……。

思わず「あっ」と声を発した。絢香が驚いて、団子の串を銜《くわ》えたまま、固まった。

あらためて開いたページはカラーグラビアのページで、オフィスらしい、重厚感のある調度品を背景にした老紳士が、ゆったりとにこやかにカメラを眺めている写真であった。左肩に縦書きで「喜寿を迎えなお矍鑠《かくしゃく》たる黄金井達夫《たつお》氏」と、白ヌキゴシックで印刷されている。

「これです。これですよ。お祖父さんがこだわったのは、この写真なんです」

浅見は声が上擦《うわず》った。

3

〈賀能銀行会長の黄金井達夫氏はことし七十七歳の喜寿を迎える。〉

黄金井達夫の写真に添えられた文章は、こういう書き出しで始まっている。先行き不透明な金融界にあって、一地方銀行のリーダーとして強気の舵《かじ》取りを続ける黄金井氏——といった論調で、黄金井の楽観主義とも思える経営手法を評価している。不況に備え、必要以上に脇を固める銀行が多い中、常に攻めの姿勢で臨もうとする積極性に、氏の真骨頂が発揮される——といった具合だ。

浅見も財界インタビューなどで、提灯《ちょうちん》持ち記事を書かされることがあるが、これほど露骨にヨイショする書き方はできない。巧いもんだな——と思う反面、吐き気を催す。

それはともかく、記事の後半に、黄金井会長が新たな融資先を模索しつつあることに触れている。記者の質問に応じる形で、「余所さまのあまり手をつけたがらない方面にこそ、弱小地方銀行の活路があると信じています」と語る。融資先がどこかは言っていないが、ゴルフ産業を特集している雑誌だけに、その意図するところが透けて見えそうだ。

その記事の中に、注目すべき内容があった。

〈北陸財界の御曹司《おんぞうし》として育った黄金井氏は、それに反発するかのように、若い頃、学生運動に身を投じたという、異色の経歴の持ち主だ。持って生まれた闘争心と、その後、身につけた帝王学によって、押しも押されもせぬ現在の地位を築いたと言える。」

「この写真の記事が、祖父の事件と何か関係があるんですか？」

絢香は、浅見の緊迫した表情を見ながら、不安そうに訊いた。

「たぶん……」

浅見は呪縛《じゅばく》を解かれたように、笑顔を見せて頷いた。

「もし、今度の事件が解決したとすると、その最大の功労者はあなたですよ、きっと」

「えっ、どういうことですか？」

「いままで、どうしても解けなかった謎が、いっぺんに氷解したのです」

そう言われても意味が分からず、絢香はキョトンとした目で浅見を見つめた。その少女のように無心な表情に、浅見は思わず抱きしめたくなる衝動に駆られた。

「お祖父さん、智文さんは、あらためてこの写真を見、記事を読んで、行動を起こす決意を固めたんですね。いわば正義感に駆り立てられたのでしょう」

「正義感？　祖父が、ですか？」

「そうですよ。お祖父さんは、若い頃の挫折が原因で、それ以来、何か世の中に積極的に関わったり、大声で主張したりすることをまったく封印してしまわれた。日頃からそういう方ではありませんでしたか？」

「ええ、そうなんです。祖父くらい穏やかっていうか、悪く言えば無気力な生き方の人って、そんなにいないって思ってました」

「それはある意味、智文さんの奥床《おくゆか》しい性格として備わってしまったのでしょうね。このあいだ訪ねて来られた大脇さんも、まさに同じような生涯を送られた方です。しかし、世の中はそういう良心的な人ばかりではなく、めげないというか、反省しない人間も多いもので。その典型がこの写真の人物です」

「ふーん、そうなんですか……そして、祖父は行動を起こしたんですか？」

「そうでしょうね。この人物は昔、石川県の内灘で激しい基地反対闘争があった時、智文さんや大脇さんを煽《あお》って、闘争の先頭に立ったリーダーなのです。その時、そして現代、この人物が何をやったのかはいずれ説明しますが、温厚な智文さんも、さすがに許せないものを感じたにちがいありませんよ」

話しながら、浅見は内灘砂丘の風景を思い浮かべていた。海を背景に、砂丘に吸い込まれるように消えてゆく、年老いた「闘士」の姿を思い描いた。

そういう浅見を、絢香が恐ろしげな目で見つめていることに、気づかなかった。

絢香を駅まで送って、帰宅するとすぐ、浅見は中島峰子に電話した。峰子は浅見の声を聞くと、悲鳴「だめなんです。まだ思い出せないの」と、悲鳴のように言った。

「分かりましたよ」

浅見は対照的に明るく言った。

「黄金井さんでしょう。黄金井達夫氏」

「えっ？　あ、そう、そうですよ、黄金井さんですよ……だけど、どうして？　どうして浅見さん、分かったの？」

「ははは、中島さんのテレパシーが僕に通じたんです」

「えっ、ほんとに？……いやだ、嘘ばっかり。からかわないでくださいよ」

「いや、正直なことを言いますと、偶然、雑誌を発見したんです。『投資春秋』という雑誌。そこに記事が載ってました」

「あっ、それですよそれ。『投資春秋』。銀行のロビーで見たんですよ」

「じつは、その雑誌の存在に気づいたのは、須賀智文さんのお孫さんでした」

「まあっ、そうなんですか。何だか不思議なめぐり合わせですこと……」

峰子は感慨深げに言ったが、浅見の想《おも》いも同じだった。この世の中には何か、道理や常識では計れないものの力が働いているような気がする。

「でも、雑誌が出たのはずいぶん前だったと思いますけど」

「三年ばかり前の号です。だから中島さんが忘れるのも無理がないんです」

「いいえ、そんな風に慰めてくださらなくっても、私のボケは重症ですよ」

「ははは、気にすることはありません。僕の母親はそれ以上ですから」

　そう言った矢先、リビングに雪江未亡人が現れたから、浅見はギョッとした。

　電話を切るのを待って、雪江が「わたくしがどうかしたの？」と訊いた。

「いいえ、最近の後期高齢者はお元気だっていう話をしていたんです」

「そうなの。でもね光彦、ひとを年寄り扱いするのはやめなさい。失礼ですよ」

　ピシリと窘《たしな》められた。まったく、近頃の年寄りは頭脳も耳も衰えを知らないから、油断も隙《すき》もない。

　母親が消えた後、浅見は小松署の轟に電話した。轟は外出中ということなので、連絡がつき次第、電話をくれるよう頼んだ。

　その電話は昼過ぎになって、轟からかかってきた。

「轟さん、分かりましたよ。内灘闘争のリーダー格の人物の名前が」

　浅見はなるべく声が上擦らないように、ゆっくりした口調で話した。それでも轟は面食らって、

「えっ、何の話です？」と訊いた。そうなのだ、内灘闘争のリーダーが誰だったのかという問題についての関心は、浅見と轟とでは大きな温度差がある。浅見はあらためて、その間の事情を解説してから、宣言するように言った。

「そのリーダーこそが、黄金井達夫氏、賀能銀行会長だったのです」

「えっ……」

　轟は一瞬、絶句した。

「これでいろいろなことが、一挙に解明されるはずです。たとえば、闘争に参加した大脇さんが、北陸鉄道の浅野川線を辞めた直後、賀能銀行の前身である信用金庫に転進できた理由も、黄金井氏の引きがあったことを想定すれば、何の不思議もありません」

「確かに」

轟は呻《うめ》くように言った。さすがの彼も、この事実を前にしては、大脇と須賀が同志だったことを認めざるを得ないだろう。

「須賀智文さんが、ダイヤモンド・ゴルフコースへの融資に不正の臭《にお》いを察知して、やむにやまれず動いたという仮定も、説得の相手が黄金井氏だと分かれば、納得できます。賀能銀行へ行くのではなく、黄金井氏を直接訪ねたことも、当然、あり得たでしょう」

「うーん、ほしたら、義父もそのことを察知して、黄金井氏に疑惑の目を向けたということになりますか」

「たぶん」

「しかし、二つの事件とも、老齢の黄金井氏自身では不可能ですね。誰か共犯か、あるいは主犯格の人物がいなければならない」

「もちろんそうですね。しかも複数の共犯者がいたと考えられます」

それからしばらく、二人とも黙った。捜査本部が閉塞《へいそく》状態に陥っていたところに、突然大きく開かれた門を前にして、轟の頭の中でさまざまな状況が思いめぐらされているであろうことを、浅見は思っていた。

「轟さん」と、浅見は十分な間合いを置いて声をかけた。

「あ、はい」

眠りから目を覚まされたように、轟はうろたえた声を出した。

「ちょっと気にかかっていることがあるのですが」

「はあ、何でしょう？」

「このあいだ、大脇さんのお通夜の席で、崎上さんという人に会いましたね」

「ああ、会いましたが……あっ、崎上氏が犯人ですか？」

「いや、そうじゃありません。あの人は大脇さんが殺された日には出張で東京へ行っていたのではなかったですか？」

「あ、そうでしたね。というと、どういうことですか？」

「崎上さんは賀能銀行の内情に詳しい立場にあったはずですよね。しかも東京に三泊四日で出張しているというのは、銀行員の出張としてはふつうでない長さだと思います」

「なるほど、そういうもんですか」

「出張の目的が何だったのかと考えると、おそらくダイヤモンド・エンタープライズとゴルフコースの経営状態の確認。それに、日銀や金融庁への対応ではなかったかと推測できます。ひょっとすると、呼び出しがあったのかもしれません」

「なるほど」

「出張の結果、当然、融資の金の不正な流れをキャッチできたはずです。あるいは日銀などから厳しい指摘を受けたかもしれない。それ以前に、すでに大脇さんから、その危険性のあることを再三にわたり忠告されていた可能性もあります。このままでは、賀能銀行が破綻《はたん》するのは目に見えている。その重大な局面を背負って金沢に帰ろうとした矢先、大脇さんの事件が発生した。となれば、崎上さんは事件の背景に何があったか、容易に推測できたのではありませんか」

「というより、崎上氏本人もまた、二つの事件に何らかの形で関与しとったと考えたほうがいいんがでないですかね。彼はあのお通夜の晩にも、義父から電話があったことなんて、まったくなかったような口ぶりで、隠蔽《いんぺい》しようとしとった印象でしたわ。やはり犯人一味と見るべきじゃないですかね」

「あるいはそうかもしれませんが、いずれにしても、急いで崎上さんの身柄を確保したほうがいいのではないかと思うのです」

「えっ、逮捕ですか？　それには時間がかかりますわ。この件を捜査会議にかけて、容疑を固め、検事さんや裁判所を納得させてからの話ですから」

「あ、いや、確保と言ってもそういうことじゃありません。崎上さんの身の安全を確かめたほうがいいという意味です。崎上さんは一連の出来事のすべてに精通している立場にあり、秘密を知っている人物です。言い換えれば、犯人側にとっては、いまや最も危険な存在です」

「なるほど、消される恐れがあるってことですか」

「そうです。もし消されたりすれば、われわれ、いや、警察にとっては、重要な証拠を失うことになりかねません」

「うーん……まったくそのとおりですわ……それにしても浅見さん、やっぱりあんたは何者なんか、気になりますわ。ただのルポライターなんかで、絶対ないわ」

「いや、僕のことなんかどうでもいいですから、崎上さんのことを、早く手を打ってくれませんか」

「分かりました。しかし浅見さん、あんたもこっちに来てくれませんか。捜査会議で、自分が説明するより、浅見さんに解説してもろたほうが迫力がある。第一、自分の知り得たことのほとんどは浅見さんから仕入れたものですからね」

「だめだめ、素人が警察にしゃしゃり出るなんて、許されませんよ。しかしまあ、そのことはいずれ考えるとして、とにかく崎上さんのこと、よろしくお願いします」

「いや、お願いはこっちが言うセリフです。すぐ手配します。どうもありがとうございました」

電話を切った後、浅見はしばらくリビングルームに佇んで、ぼーっとしていた。考えれば考えるほど、何となく遅きに失したようなうらみがある。不吉な予感と言ってもいいかもしれない。かといって、崎上のことはこれで最大限、やるべきことはやったと思うしかなかった。人事を尽くして天命を待つ——の心境だ。

轟からの電話は夕刻、そろそろ食卓に家の者たちが集まろうかという時間になってかかってきた。

「一応、手配はしました」

轟は浮かない口調で言った。

「しかし、崎上氏は銀行に不在やったんです。現在、先方からの連絡待ちです」

「外出先は分からないのですか?」

「ええ、はっきりせんようです。朝のうちに出て行ったきり、連絡が入っとらんらしい。ケータイは所持しとるはずやから、連絡はつくと思うんやけど、何をしとるやら。とにかく夕方には戻るやろうというんで、待っとるところです」

「それ、ちょっと気になりませんか」

浅見は焦る気持ちを抑えて、言った。

「銀行の幹部がケータイの電源を切って行動しているとも思えません。何か不測の事態が生じているのではないでしょうか」

「いや、正直、自分もいささか不安を感じてはおるんですが。かといって、現段階ではどうすることもできませんのでね」

「とりあえず、内灘の黄金井氏の別荘というのを張ってみたらどうでしょうか。不審な出入りがあったら、職務質問をするとか」

「というと、崎上氏は黄金井氏の別荘におるいうことですか」

「分かりませんが、いまのところ、ほかに考えようがありません。とにかく、夜になる前に、周辺に人員を配置すべきだと思います。須賀さんも大脇さんも、事件は夜間に起きているのですから。そろそろ日が暮れますよ。急いだほうがいいでしょう」

浅見は苛立った。自分が思うほどには、轟にも警察にも、切迫感が欠けていることに、腹立たしいほどの焦りを感じた。

その思いは相手にも伝わったのか、「分かりました」と轟は言った。

「とりあえず、自分と部下と二名、黄金井の別荘に張りつきますわ。それはそれとして、浅見さん、明日にでもこっちに来てください。自分一人では心もとない」

電話を切って、また浅見は呆然《ぼうぜん》と立ちすくんだ。事態が悪い方向へ向かっているのを阻止できないもどかしさが、冷や汗のように背筋を這《は》う。

ともあれ、轟が張り込めば、さらなる急変は防げるかもしれない。周辺に警察の臭いを嗅《か》いで、犯人側も動きを停めるだろう。張り込みには抑止効果がある。建物の中では何が行われるにしても、外への動きは制限できるはずだ。いまはそのことを信じるしかなかった。

4

兄嫁の和子と一緒に、夕食のテーブル作りを始めている須美子に、浅見は言った。

「須美ちゃん、僕の分は抜いておいてくれ。これから出かけるから」

「出かけるって、どちらへお出かけですか？　すぐお夕飯のお支度はできますけど」

「ちょっと遠くて、急ぐんだ。一刻を争うほどね」

「まさか、また富山じゃないでしょうね」

「いや、違うよ。内灘だ」

「それならいいですけど……あの、内灘ってどこですか？」

「いまは説明しているひまはない。それから、小松の轟さんという人から、もし電話が入ったら、自動車電話の番号を教えて上げてちょうだい。じゃあ、母さんにはよろしく言っておいてね」

自室に戻って、大急ぎで着替えを済ませ、玄関に出て行くと、須美子が小さなショッピングバッグを持って追って来た。

「坊っちゃま、これ、お弁当。お握りに唐揚げを添えておきました。それと、ウーロン茶のボトルも入ってます」

「ありがとう、助かるな」

「お気をつけて行ってらっしゃいませ。内灘は遠いですから」

「えっ？……」

思わず須美子の顔を見た。内灘がどこか、和子にでも聞いたのかもしれない。心配そうにひそめた眉の下から、訴えるような目がこっちを見つめていた。

「じゃあ、行ってきます」

わざと素っ気なく言って、浅見はドアを開けた。何となく、愛するひとに送られて、戦場へ向かう兵士のような高揚した気分であった。

とはいえ、須美子が言うとおり、内灘は遠い。首都高速と外環道と関越自動車道と上信越自動車道、そして北陸自動車道を乗り継いでゆく約四百八十キロのロングドライブだ。しかもできるだけ早く着きたい。こうしている間に現地では刻一刻、何かが進行しているかもしれないのである。

幸い、ソアラは満タンの状態に近い。途中でサービスエリアに立ち寄る必要もない。となると、須美子に差し入れしてもらった握り飯はありがたかった。関越に乗って走りが安定したところで、浅見は握り飯を頬ばった。左手だけで食えるのがまたいい。手指の汚れを拭《ふ》くために、ウェットティッシュもちゃんと入れてあった。

藤岡ジャンクションから上信越道に入って間もなく、自動車電話のベルが鳴った。走行中だが、浅見は構わず受話器を取った。電話は轟からだ。

「浅見さん、お出かけだそうですなあ。お手伝いさんから聞いて、こっちにかけました」と言っている。自分はしんどい張り込みの真っ最中だというのに、お出かけとは優雅な——というニュアンスが言外に感じ取れる。

「そちらはどんな様子ですか？」

浅見は気ぜわしく、訊いた。

「いや、まったく何も起こらんです。別荘には電気がついとるし、誰かがおることは間違いない。ほやけど、人の動きはまったくありません。声も聞こえんです。どうなんですかね。張り込みをやっても無駄でないがですかね？」

「いや、そんなことはないと思います。必ず中に崎上さんはいるはずです。テキが動かないのは、轟さんたちがそこで張っているのを勘づいているからです。しかし、いつもの張り込みと違って、おおっぴらにしていてください。相手に気づかれたほうがいい。それが抑止力に働きますから」

「うーん、どうも浅見さんは確信ありげですなあ。

まあ、もうしばらくは様子を見とりますがね。ところで、浅見さんはいま、どこで何しとるんですか?」

「いまは走行中です。えーと、現在地は藤岡を過ぎて、もうすぐ富岡にさしかかる辺りだと思います」

「富岡というと、群馬県ですか? えっ、ほしたら、こっちへ向かってるのですか?」

「ええ、そちらに着くのはたぶん、零時か一時頃になると思いますが、それまでは何とか待っていてください」

「うーん、驚きました。まさか今夜のうちに来てくれるとは……もちろん待ってますよ。浅見さんが来てくれれば、百人力。いやあ、ありがたいです」


轟の声は一転、震えるほどの感動を表している。

「この先、長野県に入ってからはトンネルが続くので、電波が届かないかもしれませんが、一応、だめもとで、何か変化があったら教えてくださ い」

「了解しました。道中、気をつけて。スピード違反はせんようにしてくださいよ」

電話を切った頃から雨が落ちてきた。遅れていた梅雨が、本格的に始まったらしい。雨足がかなり強く、前途に不安を抱かせる。

ふだん、夜なべ仕事が多いので、浅見は深夜の運転には自信がある。睡魔に襲われるということはない。速度制限が八十キロや七十キロの箇所《かしょ》がある長野県から富山県にかけての山間地で、スピードを出し過ぎないように気を遣うことだけが、少し厄介だが、それ以外は快適に飛ばした。

金沢東のインターチェンジを出たのが、ちょうど零時。そこから一般道で、内灘まではほんの僅《わず》かだ。

内灘町の中は、ところどころに街灯が整備されているのだが、「鉄板道路」の坂を下ると、その先は砂浜が始まり、闇《やみ》が濃くなる。浅見は車を停め、轟のケータイに電話を入れた。

「あ、浅見さん、いまどこです?」

「内灘の鉄板道路まで来ました。黄金井氏の別荘はどの辺ですか?」

「あ、そこまで来とるんやったら、すぐ近くです。家並みが途切れたところを左折してください。百メートルばかり先にわれわれの車が停まってます」

左折して行くと、雨にけぶる街灯に照らされた車の脇に轟と、彼の部下らしい男が立って手を振っていた。浅見は彼らの車の後ろにつけて停まり、車を出た。

「やあ、お疲れさんでした」

轟は挙手の礼を送って寄越した。相棒の刑事を「小池と言います」と紹介した。

「ともかく、乗りましょう」

轟は雨に手をかざすと、彼の車の後部座席に浅見を押し込んでから、言った。

「一時間ちょっと前くらいに一度、電話したんですが、通じなかったですね」

「その頃はたぶん、親不知《おやしらず》辺りのトンネルに入っていたのでしょう。何か動きがあったのですか?」

「車が一台、門を入って行きました。油断しとったわけじゃないんやけど、いつの間にか門扉が開いとって、入って行く瞬間まで気づかんかったのです。気づいとったら、停めて、職質をかけたんだが」

「すみません」と、若い小池刑事が頭を下げた。交代の見張り中に、うっかり見逃してしまったのだろう。

「いや、わしもボーッとしとったんや。五時間もじっとしとると、つい睡魔に誘われるもんでしてね」

轟は苦笑して、部下を庇《かば》った。

「しかし、出て行った車はありません。浅見さんが言うたとおり、われわれがここにおることを察知しとるんでしょう」

あらためて屋敷内の様子を窺った。一階の一部屋と二階の一部屋に明かりはついているが、何の物音もしないし、窓にシルエットが浮かぶこともなかった。とはいえ、中に人がいることは確かなのである。

「崎上さんのお宅にその後、電話してみましたか?」

浅見は訊いた。

「しました。何度もね。しかし、帰宅はしとらんようです。ふだんは午後八時頃の帰宅が多いんやけど、もし遅なる場合は、必ず連絡があるんやそうです。それがぜんぜんない言うて、奥さんは心配しとりました。最後に問い合わせたのが、午前零時です」

「ただごとではありませんね」

時計を見た。一時になろうとしている。

「踏み込みますか?」

小池が威勢のいいことを言う。

「踏み込むったって、令状もなしにそんなこと、できんやろ」

轟が首を横に振った。

「こんな時に弥七《やしち》でもいれば、助かるんですけどね」

浅見はジョークを言ったが、轟には通じなかった。

「弥七とは、誰のことです? 必要ならすぐ呼んだらいいじゃないですか」

「ははは、テレビの水戸黄門の忍者みたいな人物のことですよ。悪徳代官の屋敷に忍び込む役回りです」

「なんや、あほらしい。浅見さん、そんな冗談言っとる場合とちがいますよ」

「すみません」

浅見は笑いを抑えて、謝った。

「自分が弥七になりましょうか」

小池が言った。こっちは真顔だ。

「弥七になって、どうすれん?」

「忍び込みます。自分は高校時代、体操部におりましたから、そういうのは得意です」

「あほか。デカがノビをやってどうすれんて。家人に見つかったら、取り返しつかんことになるぞ」

「見つかったほうがいいじゃないですか」と浅見は言った。

「見つかったら見つかったで、中の連中が騒ぎ立てるでしょう。そうなったら、まさしく警察の出番です。堂々と門から入って、事情聴取をすればいいのです」

「なるほど……いや、だめだめ、自分がそういう、不法侵入みたいなことを命令できるわけないでしょう」

「部長は知らん顔をしとってください。自分の独断でやりますんで」

さっきの駄洒落《だじゃれ》といい、小池はなかなかの優れ者だ——と浅見は感心した。若いだけに融通がきくというより、刑事ドラマの登場人物のつもりになっているのかもしれない。

轟が態度を決めかねているのを尻目《しりめ》に、小池は上着を脱ぐと、車を出て、門に近づいた。どうするのかと見ていると、門扉の上端に両手をかけたと思う間もなく、鉄棒に登るように、スッと体を引き上げ、反動をつけて向こう側に飛び下りた。鮮やかなものだ。

「やってしもた……」

轟は舌打ちして、まるで自分が忍び込んだように、息を潜めて、じっと成り行きを窺っている。

長い静寂の時が流れた。といってもせいぜい五分程度だが、待つ身にはおそろしく長く感じられる。考えてみると、むしろ、銀行家の別荘で警報システムが作動しないのが奇妙といえば奇妙だ。中で何か悪事をしていることを疑わせるものがある。

突然、叫び声と何かが倒れるような音がして、二階の窓が激しい勢いで開いた。たぶん小池が飛び出したのだろう。塀の向こう側なので、彼の姿は見えないが、庭の足音が近づいてくる。窓の上のほうには、追いかけて来た男の頭のシルエットが浮かんだ。

「待て、この野郎！」という罵声《ばせい》に追われるように、門扉の上に人影が現れ、道路側に降り立つと、一目散に駅の方向へ走り去った。それと承知していなければ、それが小池かどうか、見分けがつかない、あっという間の出来事だった。

やや遅れて、門扉がオートマチックで開いた。玄関から男が走り出すのが見えた。

「行きましょう」

浅見は車を出た。轟も追随する。

「何かあったんですか？」

門に立ちふさがる男に声をかけたのは轟である。男は四十歳ぐらいだろうか、かなりの長身で恰幅《かっぷく》もいい。頑丈そうな轟が一回り小さく見えた。

「自分らは警察の者です。お宅の門を飛び越えて、怪しい人物が逃げて行きましたが」

警察手帳を見せながら、言った。

「ああ、泥棒じゃないがですかね。家の中に忍び込んどったのを追いかけたんやけど、逃げられました」

男はごつい体型と顔に似合わず、甲高い声で答えた。

「何か被害がありましたか？」

「いや、たぶん何も盗まれとらんと思いますけど」

「ちょっと中へ行きましょうか。雨に濡れるし、近所が騒ぎだすと具合が悪い」

「いや、被害がないので、大げさにせんでもらえませんか」

「何も調べんとって、被害がないかどうか、どうして分かるんです?」

轟は相手の痛いところを衝《つ》いて、構わず、男のガードをすり抜けるように、玄関へ向かった。浅見も部下の刑事を装って、それに従った。

玄関の手前には車が二台、停まっている。二台ともベンツだ。

大きなドアを引き開けると、玄関は二十畳はあるだろう。三和土《たたき》は大理石。そこだけでも浅見の部屋より広い。玄関を上がったところの床は赤い絨毯《じゅうたん》張りで、正面の壁には五十号ほどの油絵がかかっている。果物を写真のように精密に描いた珍しい絵だ。

男は先回りして、上がり框《がまち》の上で、これより先には断じて進めないという面構えで、通せん坊をするように立ちはだかった。

浅見は素早く、三和土の上の靴を見た。男物の靴が三足と、いかにも高そうなハイヒールが一足、きちんと揃えて並んでいる。

「今夜は黄金井会長さんは見えておられるのでしょうか?」

浅見は訊いた。

「いや、会長はおいでになっとらんです」

男は身内であるはずの黄金井会長のことを言うのに、謙譲語を使っていない。教養がないのか、それともそういう習慣なのか。少なくとも賀能銀行の人間ではなさそうだ。

「えーと、あなたのお名前を聞かせていただけませんか。自分は小松署の轟と言います。こちらは浅見、です」

轟が鹿瓜らしく手帳を出して、訊いた。

「自分は西《にし》です。西譲二《じょうじ》」

「お仕事は？」

「仕事は、会長の身の回りの世話をしとります」

「つまり、ボディガードですか？」

「まあ、そういうこともやります」

「今日は会長さんの傍《そば》についていなくてもいいのですか？」

「そうです。というか、会長は不在やと言うたでしょう」

「なるほど。ところで、こちらには今夜も酒井麻美さんは来ておいでるんですか？」

「は？　ああ、来とられますけど」

「ちょっとお話を聞きたいのですが、呼んでいただけませんか」

「いや、もう休まれた、思いますよ」

「それじゃ」と、浅見が言った。

「崎上さんを呼んでいただけませんか。崎上進吾さんです」

「えっ」と、西が驚くのはもちろんだが、轟もギョッとしたように身を引いた。

「いや、崎上さんは来とらんです」

「そんなはずはないでしょう。こちらに来ているはずですよ」

「いや、来とらんです」

「それじゃ、この靴は誰の物ですか？」

浅見は並んでいる男物の靴の中の、ひときわサイズの小さい靴を指さした。

「それは……さあ、誰のもんかな？……」

西は顔を歪《ゆが》めた。ほかの二つの靴は、どちらもかなりでかい。西ともう一人、大柄な人間の存在を示している。

「今夜は誰と誰が来ているんですか?」

轟が訊いた。

「あんたと酒井さんと、それから?」

「自分と酒井さんと、それに高橋《たかはし》いうのがおります」

「その二人だけですか? となると、この靴が一つ余りますね。やっぱり崎上さんの靴なんでしょう? 隠さんと言ってくれんと、困りますね」

「いや、隠しとらんです」

「だったら誰の靴です?」

三人の男は睨み合った。西の顔に殺気のような激しい気配が浮かんだ。


その時、玄関ドアがノックされて、応答を待たずに引き開けられた。上着を着た小池刑事と、それに続いて制服の警察官が現れた。内灘交番勤務の松原巡査長だ。浅見の顔を見て「あ、あんた……」と言いかけたが、小池に袖《そで》を引かれて、慌てて「どうも」と、軽く頭を下げた。この場の仕組みを、小池に言い含められているようだ。

「えーと、何か泥棒が入ったいうことやけど、被害はあったんですか?」

松原は間の抜けた質問をした。しかし肥満タイプで大柄な制服姿は迫力という点では、十分、頼りになる。西も、にわかに四人の「警察官」を相手にして、戦意喪失といったところだろう。

「いや、べつに被害はないです。自分が早くに気づいて、追っ払いましたので」

「それはいいんですがね」

轟が松原に言った。

「崎上いう人がこちらに来とるはずなんやけど、この西さんいう人は、崎上さんは来とらんと言うて、嘘ついとるんです」

「何でです？　何で嘘をつくんです？」

松原の素朴だが、押しの強い質問の仕方には、浅見も辟易《へきえき》した体験がある。

「いや、嘘でない、言うとるでしょう」

「ほやったら、この靴の持ち主は誰やって訊いとるんや」

応援を得て、轟はかさにかかった。

「嘘ついて隠すいうことは、何か後ろ暗いことがあるんやと見なすほかはないけど、それでもいいがけ？」

「そうです」と松原も呼応して言った。

「場合によっては上がらせてもらうことになりますよ」

「冗談でない。そんなん職権濫用《らんよう》もはなはだしいわ」

「いや、緊急にして必要と認めた場合には、令状を待たずに行動してもいいことになっとるんです」

轟が強い口調で宣言した。

「それを拒めば、公務執行妨害で緊急逮捕も辞さないです。そういう不愉快なことにならんように、家の中を案内していただきたいんですがね」

「いや、拒否しますよ」

「どうしても？」

「どうしても」

一触即発——という瞬間、右手のドアが開いて、女性が出て来た。浅見が名前だけは聞いている酒井麻美だ。

「あなたたち、ここを誰の別荘だか分かっているんですか？」

高飛車な言い方だが、轟は怯《ひる》むことなく、言った。

「知っとりますよ。賀能銀行の黄金井会長のお宅ですな。その会長さんのお宅に、泥棒が入ったり、現在、捜索中の人物が秘匿《ひとく》されとるいう疑いがあるんで、こうしてお邪魔しとるんです。ご迷惑かもしれんけど、協力してもらわんと困るんですよ。いまもこの西さんに説明しとったんやけど、どうしても拒否するいうんなら、公務執行妨害で逮捕もやむなしいうことになりますが」

黄金井会長の「印籠《いんろう》」が効かないとなると、酒井には二の矢がない。怯《おび》えたようにぐっと黙ってしまうのを見て、轟は靴を脱いだ。松原、小池、浅見の順で、それに続いた。

西は手をつかねたまま、彼らを見送ってから、玄関を飛び出した。小池がその気配を察知して、「野郎、逃げるか」と追いかける姿勢を見せたが、浅見は「放っておきましょう」と宥《なだ》めた。逃げたところで、いずれ、逃げおおせるものではない。それより、西が逃げたことで、崎上の身に何かがあるのではないかと、そのほうが心配になった。

広い建物だが、いくら広くても部屋数は高が知れている。玄関から三つ目の部屋に、崎上は手と足を縛られ、口をテープで塞《ふさ》がれた恰好で転がっていた。脇には茫然自失《ぼうぜんじしつ》状態の中年男が佇んでいる。背が高く、一見、ヤクザ風だが、西ほどの度胸はないらしい。四人の「警察官」が壁のように並ぶと、へなへなと床に坐り込んだ。

崎上は虫の息だった。鼻からは呼吸ができるのだが、そのままの姿勢で五、六時間以上は転がっていたのだから、相当、参っていたにちがいない。テープを剝《は》がしてやると、かすれた声で、「助かった……」と呟いた。

思ったよりあっけない幕切れだったが、もし轟たちの「張り込み」が一時間でも遅れていれば、どういう結果になっていたか分からない。

「浅見さんのお蔭《かげ》です」

異様な空気が立ち込めた部屋の真ん中で、轟は深々と頭を下げた。

5

酒井麻美と西譲二、それに崎上の傍で番をしていた高橋和広《かずひろ》に対しては、逮捕監禁容疑で、その日のうちに逮捕状が出た。酒井と高橋はその場から連行され、西については全国指名手配が発令された。

次いで、別荘の持ち主である黄金井達夫に対しての追及が始まり、間もなく同様の容疑で逮捕されることになる。

問題はその先だ。須賀智文および大脇忠暉殺害容疑での取り調べが進む。

また、それと並行して、ダイヤモンド・エンタープライズへの不正融資の件での黄金井への容疑も固まりつつあった。

十日後、西譲二が立ち回り先の広島で逮捕された。逮捕者四人の自供と、被害者であり、被疑者でもある崎上の供述によって、事件の全容が明らかになると同時に、逮捕者全員が、須賀と大脇の殺害に関する容疑で再逮捕された。

いずれの事件も、殺害・死体遺棄の実行は西と高橋が担当した。しかし殺害を命令した主犯は黄金井。共同謀議に酒井が加わり、証拠いん滅に関わっている。

ことの起こりは、やはりあの日、黄金井達夫の前に須賀智文が現れた時に始まっていた。

もっとも、須賀が最初、会いたいと言ってきた時には、黄金井には殺意どころか、敵意もなかったのだそうだ。かつての「内灘闘争」での同志が、懐旧の情に駆られて訪ねて来るのか——というつもりだったらしい。

その証拠に最初、黄金井は須賀が金沢に来た日に、泉鏡花記念館の前で須賀と落ち合うつもりだった。そこから、ひがし茶屋街《ちゃやがい》の料亭に案内して、ご馳走する腹づもりだったのである。しかし、東京から急な客が入ったため都合がつかず、その断りを、部下の崎上進吾が黄金井の代理で須賀に伝えに行った。

「明日、内灘の別荘にお越しくださいとのことです」

崎上がそう言うと、「内灘の別荘?……」と、須賀は何とも言えぬ複雑な笑みを浮かべたが、

「分かりました」と了承した。

「私も久しぶりの内灘を見てみたい。いまでも鉄

板道路はあるのですかね？」

「はい、鉄板は外されましたが、名前は残っております」

「ほうっ、それじゃ、鉄板道路を下った辺りで、拾ってくれませんか」

「分かりました」

少なくともそこまでは、黄金井の側は敵意らしきものを感じていなかった。

実際、「鉄板道路」の坂下を歩いている須賀を崎上が車で拾って、別荘に連れ込んで来た時には、きわめて友好的に振る舞っている。

「須賀君か、五十何年ぶりかな。元気そうじゃないか。おたがい、歳を取ったが、昔の面影はあるよ。そうそう、きみの仲間だった大脇がわしの銀行におったのを知っとるかね。もう退職したが、いまも生きとる。彼に知らせれば、懐かしがるだろう」

だが、黄金井の思惑に反して、ほどなく事態は思いがけない展開になった。須賀はダイヤモンド・ゴルフコースの話をし始めた。最初から強硬な姿勢で、直ちにダイヤモンドから手を引けと言うのである。さもなくば、不正融資を告発すると言った。

「馬鹿なっ……」と黄金井は一蹴《いっしゅう》した。いまさらそんな後戻りみたいなことができるはずもない。しかし、須賀は剛直に、一歩も後に引こうとしなかった。

「そんな固いことを言いなさんな。あんたとは内灘でともに戦った同志やないか」

黄金井がそう言うと、須賀はいっそう険しい顔になって、「同志呼ばわりはして欲しくないですな」と、冷ややかに言った。

「あんたにとって、内灘闘争は目立ちたがり屋のパフォーマンスでしかなかったんだ。あんたは確かに、アジテーターとしての才能には恵まれていた。しかし、正義漢ぶるのも、金持ちの御曹司のお遊びのつもりだったのだろう。闘争が終焉《しゅうえん》すると、あんたはさっさと変節して、父親の庇護《ひご》のもと、ぬくぬくと安逸を貪《むさぼ》る道に戻った。あんたを信じ、引きずられて闘争に身を捧《ささ》げた仲間たちの真情を弄《もてあそ》び、裏切ったのだよ。それでも、私を含め、ほとんどの者たちは何とか生き延びた。私などは敗残の苦渋に塗《まみ》れながら、惰性のように無気力な日々を送ってきた。情けないことだが、平凡で人並みに生きてきた。だが、あの時死んだ水城君のことを思うと、そういう自分が許せない気がしてならないのだ」

「水城？……誰のことだ？」

「ふん、やはり忘れてるんだな。われわれの同志だった水城信昭君だよ。雨中のスクラムの最中に熱で倒れたのを、あんたは撤退を許さなかった。その夜、彼は死んだ。あんたに殺されたんだ」

「冗談言いなさんな。なんでわしのせいにしなきゃならんのだ。死んだのは医者が藪だったせいだろう。それとも、医者に診せなかったのか？　だったらあんたの責任じゃないか」

「そう言うだろうと思った。医者には診せたよ。しかし手遅れだった。あの豪雨の中で、熱のある体でスクラムを組むなどは、無謀もいいところだと怒鳴られた」

「そりゃそうだ。誰が悪いと言う前に、本人の自覚の問題だろう。具合が悪けりゃ、休めばいいじゃないか」

「よくそんなことが言えるな。それを許さなかったのはあんたなのだよ。私と大脇君は、あんたの命令に従って、倒れた水城君を引きずるように起こし、スクラムを崩さなかった。彼もまたそれに応えた。大丈夫かと訊くと、大丈夫だと答えた。血走った目で、悲痛な声で言った。スクラムを組む彼の手の指が、私の肩に食い込んだ。その痛さが、心配するなと伝えているように思えた。しかし、彼は必死だったんだな。なぜあの時、あんたの命令に逆らい、離脱して病院へ運ばなかったのか、私はその悔いが永劫《えいごう》、はらわたに突き刺さったままでいる」

「やれやれ、ものすごい執念だな」

「そうだ。しかし、何事もなければ、私はその執念を抱えたまま、地獄へ行くことになっていただろう。だが、幸か不幸か、あんたのダイヤモンド・ゴルフコースへの不正融資の事実を知ることになってしまった」

「おいおい、不正融資とは穏やかじゃない。そんな事実はないよ」

「まあいい。あんたの言い訳を聞いたり、議論をするつもりはないいんだ。私は検事でも弁護士でもないのだからね。とにかく私は知ってしまった。だからこうしてあんたを説得に来たんだ。あんたを破滅させる目的なら、とっくに当局に告発しているよ。しかし、曲がりなりにも、あんたとはかつて同じ大学に通い、同じ内灘闘争を闘った人間同士だ。まだ間に合うものなら、あんたに引き返してもらいたいと思って、やって来た。内灘には二度と来たくなかったのだが、あんたがここを指定したから、やむを得なかった。それにしても、この内灘に別荘を造るあんたの無神経さには、ほとほと愛想が尽きるな」

須賀がそう言い放った時、黄金井の殺意は固まった。しかし、表面は須賀の「友情ある説得」に耳を傾ける様子を示した。

「きみが思っているほど、わしは悪ではないよ。弱小銀行が生き残りを策すためには、まともな商売だけでは済まないこともある。しかし、正論を言えばきみの言うとおりだ。正直なところ、ダイヤモンドに関しては、わしも撤退を考えた。抜き差しならない状況ではあるが、何とか努力してみようと、いまは思っているところだ。わしも間もなく八十になる。いまさら晩節がどうのこうのと言えるもんでもないが、あまりみっともない死にざまは見せたくないしね。これを機会に、いい知恵があったら教えてくれ」

声涙ともに下るような口ぶりだった。

「そうか、そんな風に思っていたのか。だったら私も少し言い過ぎたかもしれない。悪く思わないでください」

須賀は表情を和らげ、頭を下げた。テーブルの上ですっかり気の抜けてしまったビールに、初めて手を伸ばした。

それから間もなく、黄金井は須賀を睡眠薬で眠らせ、西と高橋を呼び、殺害を命じた。犯行と死体遺棄の場所を安宅の関にしたのは、金沢を挟んで、内灘とは反対側にするためだった。しかも、行きずりの強盗による犯行のように見せかけるために、まったく死体を隠蔽《いんぺい》する意思のない状況にした。

大脇忠暉殺害の場合は、まったく躊躇《ちゅうちょ》することはなかった。大脇は明らかに、須賀の事件に疑いの目を向けて、黄金井に接近してきた。その前から、崎上を通じて、大脇の動きに警戒すべきものがあることは分かっていた。その上に、須賀の事件への疑惑を臭《にお》わす態度を見せたから、もはや消してしまう以外、道はなかった。もし警察が、黄金井と須賀の関係をキャッチすれば、捜査の矛先《ほこさき》はもろに内灘の黄金井の別荘に向けられるだろう。

大脇の「死体」は富山県側に遺棄することにした。内灘から庄川のダムへ行く地方道にはNシステムが設置されていないことを見極めた上で、その場所を選んだ。犯行は乱暴な方法を採ったが、死体が湖底に沈んでしまえば、発見されることはないだろうし、かりに行方不明の届け出があったとしても、捜査の手が伸びてくるおそれはないと判断した。最大の手違いは、足に結んだ重りがなぜか外れ、死体が浮かび上がってしまったことだ。とはいえ、動機に繋がるものが発見されないかぎり、不安はないと楽観していた。

だが、犯行動機を熟知している人間が内部にいた。崎上である。崎上はなかば共犯関係にあったから、裏切ることはあるまいと高をくっていたが、自ら黄金井の腹心を任じてはいるものの、根っからの悪には徹しきれない崎上は、二つの殺人事件を目の前にして動揺した。自身は犯行に直接、手を染めていないだけに、いつ警察に駆け込むかしれない、きわめて危険な存在だった。

どう始末するか、殺害方法や死体遺棄の場所を決める前に、とりあえず監禁しておくように、黄金井は西たちに命じた。崎上を黄金井の別荘に連れ込んだのは酒井麻美である。その後、睡眠薬で眠らせ、西と高橋が縛った。あとは殺害のタイミングと死体遺棄の場所を選べばいいだけになっていた。

ところが、夕刻から別荘の前に不審な車が停まっていることに気づいた。明らかに刑事と分かる男が二人、乗っている。この場所に刑事の乗った車があるのは、張り込み以外には考えられない。しかもその対象はこの別荘よりほかにはない。

なぜそういう事態になったのか、刑事の目的が何なのか、西たちにはもちろん、黄金井でさえ理解できなかった。いずれにしても、しばらく様子を見て、刑事が諦めて退散するのを待つことにした。そして真夜中の「椿事《ちんじ》」が起きたのである。

内灘での「逮捕劇」が一段落ついた夜明け近く、浅見は轟が引き止めるのを振り払うようにして東京へ帰って行った。

「一睡もしとらんげんし、とにかく、一休みして、そのあと、小松署に来て、捜査会議での報告に付き合ってくださいよ」

轟は懇願するように勧めたのだが、浅見は頑強に拒否した。

「素人がでかい顔をして警察に行くのは、感心しません。それに、東京に急ぎの仕事が待っているんです。申し訳ない。事件がすべて解決したら、お祝いにやって来ますよ。その時は須賀さんのお孫さんも連れて来るかもしれません」

「しかし、居眠り運転でもしたら、危険じゃないですか」

「なに、眠くなったら途中で仮眠します。心配しないでください。こういうのは慣れっこですから」

浅見は白い歯を見せて、手を振ると、あっさりソアラをスタートさせた。轟がちゃんとした礼を言う間もなかった。

朝九時から始まった捜査会議では、むろん轟が主役を務めた。独壇場と言ってもいい。黄金井邸前での張り込みから、容疑者の二名の連行に至るまでの「活劇」は、まるで刑事物のドラマのような、血沸き肉躍るストーリーだ。しかし轟はごく事務的に、とつとつとした語り口で話した。これがもし浅見だったら、どんな喋り方をするだろう――と、たえずその思いが脳裏にあった。

話の中には、浅見光彦の名前が何度も登場する。浅見のお蔭で事件解決への道が開けたことを、轟はさかんに強調した。

「その浅見というのは、何者かね？」

捜査主任の中根警部が、面白くもなさそうに訊いた。警察が総力を挙げて捜査に当たったにもかかわらず、そういう、どこの馬の骨とも知れぬ男に、手柄を独り占めにされたのでは間尺に合わない――と思っている。

「自分もよく分かっておりません。フリーのルポライターだということだけは聞いとりますが」

「怪しいもんやな。賀能銀行や黄金井個人、あるいはダイヤモンド・エンタープライズと利害関係か、それとも敵対関係にある側の人間とちがうかね。彼らを貶《おとし》めるために、警察を利用したことだって考えられる」

「浅見さんに限って、そんなことはあり得ません」

轟は思わず、語気鋭く言ったが、浅見の実体をほとんど知らないこともまた事実だ。考えてみると、浅見本人がそれを知られることを避けていたようなふしがある。

しかし、初めて小松署に現れた時から今朝の別れまで、ほんの短いあいだだったが、轟が浅見光彦という人物から享《う》けたものの大きさは、計り知れない。もちろん、犯人逮捕という結果が最大だが、それだけではない、常識的な尺度では表すことのできない恩恵と感銘を、彼は爽《さわ》やかに残して去ったのだ。

そのことを、この分からず屋の警部に、どう「解説」すればいいのか、その想いは胸に溢《あふ》れるほどあるというのに、轟は語る言葉を探しあぐねた。

轟は立ち上がって、長い模索の末、ただひと言、言った。

「浅見さんには、私心がありません」

エピローグ

梅雨明け宣言を聞いた翌日、浅見は内灘へ向かった。須賀絢香と、それに横浜の中島峰子も誘った。絢香は一も二もなく喜んでくれたが、峰子は「どうしようかしら」と躊躇《ためら》った。事件の報道は知っていて、それだけに、なおのこと気が重いと言うのである。

「須賀さんと大脇さん、それから水城信昭さんの霊を慰めに行きましょう」

「そうね、そうしましょうか。たまには由利子の顔も見たいし」

五十歳を超える歳の差がありながら、絢香と峰子はすぐに打ち解けて、内灘までの長い道中も退屈しないで済んだ。

「わたくしが内灘へ行ったのは、ちょうど絢香さんぐらいの頃かしら。ずいぶん無鉄砲だったわねえ」

峰子は言ったが、じつは絢香より二つも若かったのである。

「無鉄砲じゃありませんよ。昔の人って、立派だったんですね。私もそうですけど、いまの若いコなんて、真面目《まじめ》に政治の話をすることさえ、あまりないんじゃないかしら」

「あら、昔の人っていうのは、ちょっと抵抗を感じますよ」

峰子が抗議して、大笑いになった。

全国が夏の高気圧に覆われ、内灘の空は晴れ渡っていた。砂丘の砂は白く乾き、夏色の海が鮮やかに、きらきら輝いている。

内灘では中島由利子も加わって、賑《にぎ》やかなドライブになった。

「母から聞いたんですけど、賀能銀行の事件、浅見さんが解決したんですってね。あの時は、ずいぶんお育ちのよさそうな、おっとりした青年だって思ったけど、本当は虎《とら》みたいに頭がいいんですのね」

由利子はそういう言い方で感心した。虎が頭がいいのかどうか知らないので、称賛のレベルがどの程度か、よく分からない。

着弾地観測所を見て、その近くの神社跡地を訪れた。この辺りに掘っ建て小屋など、内灘闘争の拠点があったのだという。峰子は車を降りて、砂地の中に足を踏み入れた。

佇んで、足元の砂地を見下ろしている。

あの頃、汗と涙と、時には流した血まで吸い込んだであろう砂の奥深くに、彼女たちの青春の冥宮《めいきゅう》があるのかもしれない。

「すっかり変わってしまったのねえ……」

峰子は周囲を見回して、嘆息を漏らした。かつては砂また砂の大砂丘だった内灘の台地が、いまや巨大病院や町役場や文化ホールなどの公共施設、それに商店や新興住宅などで埋めつくされている。目の前には、河北潟と日本海を繋ぐ放水路にかかる美しい橋がそびえ立っている。

「その辺に神社があって」と、峰子は少し先の、ニセアカシアの茂る辺りを指さした。

「その神社の中で、わたくしは由利子を身ごもったのですよ」

ひどく厳粛な口調だったので、その時の状況を思い浮かべるのに時間がかかった。誰も笑ったりしなかった。陽気で気が強いだけと思えた由利子の目に、涙が光ったのを、浅見は気づかないふりを装った。

内灘を去る前に、もう一度、鉄板道路を走った。坂の上から眺める日本海は、半世紀以上の遠い日と変わらぬ波を寄せている。

「あの日、祖父もここでこうして、海を眺めていたのかしら」

絢香がしみじみと言った。

「そうです。智文さんはここに佇んで、海を眺めたんですよ」

浅見は断定的に言った。その日、内灘駅に降りた須賀智文が、歩いてここまで来たことは分かっている。須賀がどういう想いで内灘の海を眺めたのかは、浅見には分かるような気がした。いや、浅見だけでなく、絢香はもちろん、ここにいる全員が、須賀智文の視点をフィルターにして、この鮮やかな風景を眺めているにちがいない。

「今回の第一の功労者は絢香さんですね」

浅見が言ったのに、絢香は「えっ？」と驚いて振り返った。

「うそ、功労者は浅見さんに決まってるじゃないですか」

「いや、きみがあの雑誌を発見しなければ、事件は永久に解決しなかったでしょう。雑誌が智文さんの机の上に遺されていたことも、思えば不思議なめぐり合わせでしたね」

「もしかすると、祖父の執念が私を呼び寄せたのかもしれない……」

束の間、粛然としてから、絢香は吹っ切るような陽気な声で、「さ、行きましょう」と言った。

「安宅の関へ行って、大伯母のために写真を撮ってこなくちゃ」

言葉の途中で、もう海に背を向けている。

自作解説

本書『砂冥宮』は当初、三浦半島を主たる舞台に設定するつもりでした。実際、作品の冒頭、プロローグはそうなっています。泉鏡花の『草迷宮』の取材にかこつけて、浅見光彦が三浦の旧家を訪れる――というのは、僕自身の実体験なのです。その取材の過程で、浅見と同様（？）、泉鏡花の足跡に興味を抱くことになりました。

鏡花は金沢市で生まれ育ちました。石川県内には鏡花ゆかりの土地があり、必然的に舞台はその周辺に移っていくことになります。小松市に近い辰口《たつのくち》温泉には鏡花の叔母がいて、鏡花もしばしば辰口温泉を訪れたといわれています。泉鏡花という個性的を通り越して、いささか異常感覚とも思えるような作家をモチーフに、神奈川県と石川県を結ぶ「旅情ミステリー」が、編集者の期待するところだったかもしれません。

取材は順調、かつ精力的に進んでいるように思えました。鏡花の生家跡を訪れ、辰口温泉に泊まりました。あらかじめ「第一現場」は安宅の関にしようと決めていました。べつに理由はないのですが、事前に予測したとおり、申し分ない立地条件を備え（ご当地の方々には迷惑なことですが）ていました。小松市の「お旅まつり」の主役である曳山も見学させてもらい、航空自衛隊の基地に関係する出来事なども取材しました。材料には事欠かないようですが、しかし、何かしら物足りないものを感じました。鏡花をテーマに仮想の物語を創り出すというだけでは、ひどく陳腐な作品しか生まれないような気がしたのです。第一、スケールが小さすぎます。読者の心どころか作者自身の心を揺さぶるような感動など到底、望めそうにないと思いました。

三日間を予定していた取材日程の二日目、夜に入って、食事に出かけるタクシーの運転手と交わす無駄話の中で「内灘」という言葉が飛び出しました。その名前が僕の頭の中にあった遠い記憶を呼び覚ましました。一九五〇年代なかば、東京・立川基地の拡張に反対する住民らと警官隊が衝突する事件がありましたが、それと同じ頃、内灘でも米軍の試射場に反対する闘争がありました。前者を「砂川事件」、後者を「内灘事件」と呼びます。東京在住の僕は砂川事件については一応の知識はありましたが、内灘事件に関しては闘争の経緯どころか、正確な場所すらうろ覚えでした。その内灘が金沢のすぐ近くだということに、天の啓示を受けたようなショックを感じたものです。

その瞬間、現在進行中の作品の道筋が見えたと思いました。かつて『「萩原朔太郎」の亡霊』（一九八二年）を書いた時に、これと同じような体験をしています。まだアマチュアの時代で、創作に行き詰まった中、「萩原朔太郎詩集」を繙《ひもと》いて『死』という奇妙な詩にぶつかり、ほとんど瞬間的にストーリーの全体像が見通せた——という体験です。四半世紀を経て、それときわめて似た現象が僕の脳細胞の中に発生しました。

僕は編集者たちに「内灘行き」を提案しました。彼らは僕より二、三十歳は若いはずですから、内灘事件など知るわけもありません。あまりピンときた様子はなかったけれど、ともかくホテルをチェックアウト。金沢駅から玩具のようなローカル線に揺られ、内灘を目指しました。通常はレンタカーかタクシーをチャーターするのですが、この時はなぜか電車に乗りました。作中に描いた車内風景や老人たちの会話などは、その時の実体験を基にしています。

内灘闘争の歴史は、取材という邪《よこしま》な動機を別にすれば、ほとんど感動的といってもよかった。住民たちや、「オルグ」と呼ばれる外来の活動家たちが繰り広げた抵抗運動は、イデオロギーの善悪はともかく、過激を通り越して苛烈と呼ぶべきものだったようです。詳しいことは本書の第三章で書きましたが、闘争の渦中で生まれたであろう人間ドラマは、創作意欲をいたく刺激しました。

内灘には砂丘があります。鳥取砂丘に較べればはるかに小規模ですが、日本海に向かって佇むとそれなりに旅愁をそそられます。足元の砂がさらさらと流れるのを見ながら『砂冥宮』のタイトルが浮かびました。『草迷宮』のパクリもいいところですが、これ以外のタイトルはないと確信しました。

物語は浅見光彦と小松署の轟部長刑事という二人の「捜査員」がそれぞれの立場で捜査を進める形式になっています。この形式は浅見光彦のデビュー作である『後鳥羽伝説殺人事件』が嚆矢《こうし》といっていいものです。その時は偶発的にそうなったようなものですが、『砂冥宮』では当初からそのスタイルを取るつもりでした。これ以外では『軽井沢殺人事件』や『沃野の伝説』、『長野殺人事件』ほかでの浅見と長野県警の竹村岩男警部との共演など、いくつかの例があります。ほとんどの作品がそうであるように、本書での「主役」はもちろん浅見なのですが、僕はむしろ轟に感情移入したような気がします。捜査側の人間でありながら、同時に事件当事者でもあるという、難しい立場を設定しました。

こう書くと、いかにも執筆前にプロットが用意されていたかのごとく思われそうですが、いつの場合もそうであるように、そのたぐいのものはありません。「内灘」の言葉に触発され脳内に生じたイメージに従って、思いつくままワープロのキーを叩きました。第一章、第二章、第三章……と、視点は時に応じて変わるけれど、ストーリーがスムーズに流れているのはその証左と言ってもいいと思います。

この作品に限ったことではないのですが、時折、浅見光彦は僕の目を借りて思考したり行動していることがあります。例えば、第五章に浅見が初対面の轟の父親と打ち解ける場面があって、そのきっかけが「旅と歴史」に天海僧正のことを書いた浅見のリポートだった——という記述がありますが、これは実は、僕がその直前に『地の日 天の海』という作品で、若き日の天海の物語を書いていることを引用しています。

僕の作品にしては、『砂冥宮』の登場人物は多いほうかもしれません。僕としては、その中で絢香と由利子と峰子の三人の女性が気に入っています。二十代、五十代、七十代という設定ですが、それぞれが生き生きとしていて、希望がもてる人物に造形できたと思っています。物語が終わったいま、彼女たちがどうしているか、ときどき考えます。

二〇一一年秋

内田康夫

左記の方々にご協力いただきました（敬称略）
葛西　正／篠原雅子／本間信也
（いずれも浅見光彦倶楽部会員）
関戸昌郎／若命寿男／若命久美子

この作品はフィクションであり、文中に登場する人物、団体名は、実在するものとまったく関係ありません。

また、市町村名、風景や建造物などは執筆当時のものであり、現在の状況と多少異なっている点があることをご了解ください。

（編集部）

本作品は二〇〇九年三月、四六判単行本として小社より初版発行されました。
以降、次の判型で順次刊行されています。
文庫判　二〇一一年十月　実業之日本社文庫
　　　　二〇一四年十月　幻冬舎文庫

このたびの刊行に際しては、小社文庫版を底本としました。

カバーデザイン／鈴木正道（Suzuki Design）
カバーイラストレーション／井筒啓之

砂冥宮《すなめいきゅう》

二〇一七年一二月三〇日　初版第一刷発行

著者　内田康夫《うちだやすお》
発行者　岩野裕一
発行所　株式会社実業之日本社
東京都目黒区大橋一-五-一
クロスエアタワー八階
〒一五三-〇〇四四
TEL　〇三(六八〇九)〇四七三(編集)
〇三(六八〇九)〇四九五(販売)
振替　〇〇一一〇-六-三二六
印刷　大日本印刷株式会社
製本　大日本印刷株式会社

http://www.j-n.co.jp/

ISBN978-4-408-50561-9（第二文芸）